오늘 하루
나   혼자
일본 여행

오늘 하루
나 혼자
일본 여행

나, 하루, 일상의 재발견

박혜진 에세이

책읽는고양이

프롤로그
잠시 다녀오겠습니다

여행을 통해 한 가지 깨달은 것이 있다. 여행보다 중요한 건 '일상'이라는 것이다. 퇴사해야 할 수 있는 세계 일주, 긴 휴가를 얻어야 할 수 있는 한 달 살기, 1년에 겨우 한 번 있는 여름 휴가. 가끔 이렇게 먼 미래의 여행을 꿈꾸는 게 무슨 의미일까 생각하곤 한다. 아득히 먼 그날을 위해 지금은 참고 버티면 될까?

일상과 등진 여행은 일상을 행복하게 할 수 없다. 여행을 기다리는 것보다 오늘을 행복하게 만드는 것이 훨씬 더 중요하다. 여행할 날보다 버텨야 할 일상이 훨씬 길기 때문이다. 일상에 쌓인 독은 그때그때 빼줘야 한다.

그에 맞는 해결책을 찾아 치료해야 한다. 그저 지나갈 때까지 참고 기다리는 것만이 능사가 아니다.

'소확행'이라는 말이 유행이다. 소소하고 확실한 행복이라는 뜻이다. 여기서 핵심은 '확행'에 있다고 생각한다. 소소하든 대단하든 중요한 건 '확실한 행복'이다. 사람들에게 일상을 행복하게 만드는 확실한 것은 무엇일까?

예상했겠지만 나에겐 '당일 여행'이 유일한 확행이다. 먼 훗날의 여행은 확실한 행복을 줄 수 없다. 여행을 계획할 때 느끼는 잠깐의 설렘이나 즐거움으로는 이미

곪아버린 일상을 치유하기엔 역부족이다. 그러니 일상이 더 병나기 전에 지금 당장 떠나야 한다. 오늘이 힘들면 한 달 뒤가 아니라 내일이라도 떠날 수 있어야 한다. 그래서 나는 당장 할 수 없는 여행을 기다리기보다 지금 할 수 있는 여행을 택했다.

철로를 자세히 보면 중간중간이 끊겨 있다. 더운 날과 추운 날, 철로가 늘어나고 줄어드는 것 때문에 틈을 만들어놓은 거다. 만약 틈 없이 하나로 연결되었다면 어땠을 까? 아마 급격한 온도 변화에 철로가 휘어 열차가 탈선하는 큰 사고가 일어날 것이다. 우리 삶도 마찬가지다. 틈이 없는 일상은 갑작스러운 변화에 적응하기 어렵다. 아니 작은 변화에도 크게 휘청거리거나 무너질지 모른다. 철로의 틈처럼 우리에게도 작은 틈이 필요하다.

나는 당일 여행으로 일상에 자주 틈을 내어왔다. 그 틈은 갑갑한 일상에 숨통을 틔워주기도 했고, 텅 빈 일상에 새로움을 채워주기도 했다. 틈이 필요할 때마다 나는 길게 기다리지 않았다. 거창한 여행이나 대단한 휴식이 필요한 게 아니라 그저 작은 틈이면 충분하다. 그래서 하루짜리 여행을 시작했다. 나의 일상을 튼튼히 지키기 위해 나만의 틈을 낸 것이다. 작은 틈을 내는 여정은 결국 나에게 확실한 행복을 주었다.

나는 독자 여러분이 이 글로 대리 만족하길 바라지 않는다. 단순히 이해와 공감에 머물기보다 행동으로 나아가길 바란다. 책을 덮는 순간 당일 여행 항공권을 검색하고, 현지 날씨를 확인했으면 좋겠다. 일상을 치유할 확실한 여행을 시작하길 바란다. 그리하여 자신만의 확행을 찾게 된다면 또 그것이 당일 여행으로 이어진다면 더 바랄 게 없을 것 같다.

일상에 건강한 틈을 만들자.

끝으로 부족한 글을 정성껏 엮어주신 출판사 식구들과 늘 아낌없는 조언과 응원으로 힘을 준 친구들에게 감사의 말씀을 전한다. 그리고 당일 여행을 누구보다 지지해준 여행 작가 선배이자 인생의 동반자인 남편에게 가장 먼저 이 책을 선물하고 싶다.

차례

01 당일치기 해외여행
{일상에 틈을 만든다}

슬기로운 도망자

'시작은 도망이었다.'

몰아치는 일감에 허덕이고 매시간 정신없을 때도 나
는 짬을 내어 항공권을 검색했다. 당장 떠나지는 못하더
라도 잠깐씩 항공 스케줄을 확인해야 숨통이 트였다. 여
행을 가고 싶다는 마음 이전에 더 큰 욕구가 자리잡고 있
었다. 도망가고 싶었다. 내게 지워진 수많은 역할과 책
임, 그리고 나를 숨막히게 하는 뒤얽힌 관계에서 도망치
고 싶었다. 이미 몰아붙일 대로 몰아붙였고 누가 살짝 건

드리기만 해도 와르르 무너질 것 같았다.

　이럴 때 내가 할 수 있는 현실적인 도망은 여행이다. 여행의 속성은 도망과 비슷하다. 우선 공간의 이동이 필수다. 물리적으로 다른 곳으로, 그것도 아주 먼 곳으로 가야만 도망간다는 느낌이 든다. 도망을 위한 새로운 장소가 필요했고, 그곳은 낯선 곳일 뿐만 아니라 아무도 나를 찾지 못해야 했다. 상사에게 욕을 먹거나 인간 관계가 힘들 때면 나는 눈을 감고 이륙하는 비행기를 떠올리곤 했다. 최대한 멀리 날아가 나와 아무 관련 없는 곳, 아무도 나를 신경 쓰지 않는 곳에 나를 꼭꼭 숨기고 싶었다.

　인간을 포함한 모든 동물은 스트레스를 받으면 '투쟁-도피 반응(Fight or Flight)'을 보인다고 한다. 스트레스 상황을 '위험하다'라고 인지하면 우리 몸은 '맞서 싸우거나(Fight) 도망칠(Flight) 수 있는 상태'를 만든다는 것이다. 동공이 커지고 심장이 빨리 뛰어 숨이 가빠지며 근육은 긴장한다. 이는 모두 우리가 싸우든 도망치든 정확히 보고 쉽게 숨 쉬고 보다 빨리 반응하기 위해 몸을 준비시키는 현상이다. 스트레스에 대항한 원초적인 반응이 바로 '맞서 싸우거나 도망칠 준비'인 것이다.

　스트레스를 받을 때마다 도망가고 싶었던 건 일리가

있는 행동이었다. 위험한 상황에서 싸울 수 없다보니 도망치려는 건 어쩌면 당연한 일일지 모른다. 나만 그런 것도 아니고 또 죄책감을 느낄 필요도 없다고 하니 뭐랄까 원죄가 씻기는 기분이다. 사실 도망가고 싶을 때마다 나 스스로에게 의지가 약하고 끈기가 없는 사람이라고 몰아세우곤 했었다. 맞서서 해결하기보다는 회피만 하는 내 모습이 좋게 생각될 리 없었다. 하지만 조직과 싸워서 이길 수 없다면, 주변인들과 부딪쳐 관계를 돌이키기 어렵다면, 잠깐이라도 일상에서 벗어나 마음을 정화하는 것이 스트레스를 해소하는 보다 현실적인 방법이지 않을까.

'투쟁-도피 이론'의 영문명은 'Fight or Flight Response' 다. 여기서 Flight의 뜻은 두 가지인데 하나는 Flee(도망가다)에서 나온 Flight로 '도피, 도망'이고, 다른 하나는 Fly(날다)에서 나온 Flight로 '비행, 여행'이다. 처음 'Flight'라는 단어를 보고 나도 모르게 미소가 지어졌다. 나는 이제껏 싸우거나 도망가거나의 문제를 더 구체적으로 '싸우거나 비행하거나'로 생각했기 때문이다. 단순한 회피가 아닌 슬기로운 도망, 나에게 도망은 '여행'이다. 그리고 이제 항공권만 검색하던 가상의 비행이 아닌 언

26 SEP 2018
EDINBURGH

IMMIGRATION INSPECTOR
上 陸 許 可
DING PERMISSION
日   23. JAN. 2019
ermit: 23. APR. 2019
短 期 滞 在
Temporary Visitor

90days
CHUBU

7627

73515

IMMIGRATION
出 国
DEPARTED
入国審査官-日本
C H U B U
23. JAN. 2019
IMMIGRATION
3144

제든 도망갈 수 있는 나만의 여행을 찾았다.

왜 해외인가

도망을 위한 여행은 평소의 여행과는 다르게 접근할 필요가 있다. 일단 일상과 완전히 분리되어야 하고, 일상이 생각나지 않는 곳이어야 한다. 여행지는 내가 매일 드나드는 집, 회사, 동네와는 전혀 관련이 없고, 아무도 날 알지 못하고 나 또한 누구도 모르는 곳이어야 한다. 그곳에서 나는 여행자이기보다 이방인이어야 한다. 나에겐 멀리 떨어졌다는 절대적 거리뿐 아니라 스스로 분리되었다는 심리적 거리가 더 중요하다.

국내에서는 아무리 멀리 도망가도 한국어가 따라온다. 아는 단어, 익숙한 말은 새로운 곳에 왔다는 생각을 방해한다. 듣고 싶지 않아도, 보고 싶지 않아도 저절로 이해되는 우리말 속에서는 일상과 멀어진 기분을 느낄 수 없다. 같은 언어를 통해 우리는 이미 연결되어 있다. 나와 연관되거나 아는 이야기, 혹은 좋은 정보라도 들릴라치면 저절로 귀를 기울이게 된다. 누구인지는 몰라도 나도 모르게 저들을 의식하게 된달까. 결국 몸만 멀리 떠나왔을 뿐 마음은 여전히 일상 속에 있다. 익숙한 곳이라도 관점을 바꾸면 새로운 여행이 될 수 있다고도 하지만 보이는 것과 들리는 것, 말하는 것이 일상과 같은 곳에서는 여행자가 될 수는 있어도 도망자가 될 수는 없다.

해외로 가야 하는 이유는 단순했다. 언어의 지배에서 벗어나야 한다. 그것은 곧 사고의 지배에서 벗어나는 것이다. 우리는 사고한 내용을 언어로 표현하고, 언어를 통해 사고한다. 언어는 생각과 느낌을 표현하는 수단인 동시에 이를 규정하는 역할도 하기 때문이다. 따라서 한국어를 쓰는 우리는 한국적인 표현과 사고방식에서 벗어나기 힘들다. 언어를 바꾸지 않는 한 이미 고정된 사고의 흐름을 바꾸기 어렵다.

한국말을 쓰지 않는 곳이어야 했다. 익숙한 말이 들리지 않고, 나 또한 그 말을 하지 않는 곳이어야 했다. 낯선 언어 환경에 떨어지면 원래의 사고 흐름은 그대로 정지한다. 말문이 턱! 하고 막히는 순간 일상과의 연결 고리가 탁! 하고 끊긴다. 낯선 환경에 무방비하게 노출되면 그제야 나와 연결된 사람도, 나를 신경 쓰는 사람도 없다고 느낀다. 일상의 근심이 떠오르지 않고, 일상의 내 모습도 떠오르지 않는다. 드디어 제대로 도망 온 것이다. 이곳에서 나는 회사의 부품 같은 직원이 아니며, 누군가의 아내나 딸도 아니다. 그저 이방인일 뿐이다.

현지인들은 낯선 이방인에게 관심이 없다. 그들은 나에게 말을 걸지 않을 것이다. 아니 걸 수도 없다. 그들과 나 사이엔 언어라는 장벽이 존재하기 때문이다. 언어 장벽은 말 그대로 장애물이지만 또한 서로를 지키는 보호막이기도 하다. 나는 언어의 보호 속에서 마음껏 도망을 즐길 수 있다. 말 한마디 하지 않아도 외롭지 않고, 내 말을 아무도 알아듣지 못해도 괜찮다. 낯선 언어에서의 고립이 나를 해방시키므로.

말귀와 말문은 막히지만 대신 새로운 기능이 살아난다. 시각을 차단하면 청각과 후각 같은 다른 감각이 예민해지는 것처럼 언어 기능을 막으면 사고 기능이 활발해진다. 낯선 언어 속에서는 평소 쓰던 말을 쉽게 할 수 없다. 물론 들어줄 사람도 이해할 사람도 없다. 떠오르는 감흥은 말로 바로 표현되기보다 생각으로 남는다. 쉽게 내뱉었다면 쉬이 사라졌을 테지만 한 번 삼켰기 때문에 오랫동안 음미하게 된다. 그리고 어느 순간, 그 생각은 새로운 영감이 되어 반짝 떠오르기도 한다. 낯선 언어가 생각의 자유를 선물한 것이다.

낯선 언어의 힘을 알기에 나는 일본어를 공부하지 않는다. 오히려 언어를 익히려는 노력과 적당한 거리를 둔다. 낯선 언어를 계속 낯설게 두고, 낯선 그곳을 계속 낯설게 두기 위해서다. 만약 일본어가 익숙해진다면, 일상과 단절되는 나만의 당일 여행은 사라질 테니 말이다.

왜 하루인가

해외로 도망가고 싶지만 긴 휴가는 꿈도 꿀 수 없다. 유럽 직장인들은 휴가를 한 달 정도 간다는데 사실일까? 남은 연차는 많지 않고 여러 날 휴가를 쓰는 것은 눈치 보인다. 마음놓고 길게 갈 수 있는 휴가는 1년에 겨우 한 번이다. 그것도 '여름 휴가'처럼 휴가 기간이 정해져 있을 때가 대부분이다. 지금 당장 떠나지 않으면 안 되겠는데 한참 남은 여름 휴가를 기다리려니 한숨만 나온다. 해외 여행 가겠다고 몇 개월 전부터 준비하면 뭐 하나. 미래의 그날엔 정작 떠나고 싶지 않을 수도 있는걸. 나는 멀게만 느껴지는 휴가를 기다리고 싶지 않았다.

'하루라도 떠나볼까?'

휴가 기간을 기다리는 것이 아닌 남은 연차를 활용하는 것이다. 일상에서 벗어나고 싶다면 하루라도 빨리 떠나는 것이 좋지 않을까. 1박 2일, 2박 3일⋯ 여행이 길어질수록 필요한 준비가 늘어나고 마음의 짐도 무거워진다. 진짜 도망을 위해선 준비 없이 가볍게 떠날 수 있어야 좋다. 긴 휴가가 아닌 하루라면 여행 준비도 여행 마무리도 크게 부담스럽지 않을 터. 나는 일상에 작은 균열을 내기로 했다.

이제까지 휴가는 월요일이나 금요일에 주로 썼다. 주말을 활용해 조금이라도 길게 쉬고 싶어서다. 하지만 그때마다 질문들이 들러붙는다. '휴가 내고 뭐해?' '어디 좋은 데 가나봐?' 그때마다 에둘러 대답해야 했다. '하루

쉬고 싶어서요.' 가끔 '당신이 너무 보기 싫어서 휴가 낸 겁니다!' 라고 하고 싶었지만, 정말 속마음이 들킬까 조심스러웠다. 마음에도 없는 인사치레를 하며 나는 더 예민해지곤 했다. 남들에게 도망가는 것을 떠벌리지 않고, 몰래 가고 싶었다. 결국 가장 애매한 날에 휴가를 냈다. 다음날 출근하는 휴가에는 아무도 관심이 없었다.

그리스어에서는 시간을 구분하는 두 가지 단어가 있다. '크로노스(Chronos)' 와 '카이로스(Kairos)' 다. 크로노스는 물리적 시간으로 모두에게 동일하게 주어지는 시간이다. 크로노스를 확인하려면 달력이나 시계를 보면 된다. 1일, 1개월, 1년처럼 자연적으로 무한히 흘러가는 시간이기 때문에 원한다고 마음대로 시간을 붙잡거나 늘릴 수 없다. 반면 카이로스는 개인에게 주어지는 특별한 의미가 부여된, 주관적이고 심리적인 시간이다. 사람에 따라 혹은 상황에 따라 빨리 갈 수도 또 느리게 갈 수도 있다. 순간에 일어난 일이라도 놀라운 변화를 체험하게 되는 시간이다. 때문에 카이로스는 '기회' 또는 '특별한 시간' 을 의미한다.

'당일 여행'은 나에게 카이로스다. 어제와 같은 하루지만 어제와는 완전히 다른 특별한 시간이다. 컴퓨터 앞에서 보냈던 어제가 모두에게 똑같이 주어진 시계 속의 크로노스라면, 낯선 공간에서 보내는 오늘은 원하는 대로 시간의 흐름을 바꿀 수 있는 카이로스다. 낯선 공간에서는 1초가 1분처럼 더디 흐른다. 생경한 주변을 받아들이기 위해 적응 시간이 필요하듯 나의 카이로스는 더 느리게 내 시간에 맞춰 흐른다. 어제와는 큰 시차가 존재한다. 하루라는 시간을 그냥 보내는 것이 아니라 온전히 흡수하여 만끽하기 때문이다.

하루는 짧지만, 당일 여행의 하루는 짧지 않다. 하루를 어떻게 보내느냐에 따라 도망치기에 모자람 없는, 권태를 벗어던지기에 충분한, 영감을 얻기에도 만족스러운 시간이 될 수 있다. 내 의지와 상관없이 흐르던 시간이 아닌 내가 원하는 대로 꾸밀 수 있는 시간이 되기 때문이다. 아침에 떠나서 밤에 다시 돌아오는 여행은 하루가 얼마나 특별해질 수 있는지 알려준다. 일상에서 벗어났다가 다시 일상으로 돌아가는 여행은 하루를 얼마나 가치 있게 쓸 수 있는지도 알려준다.

결국 중요한 건 일상

　수동 카메라로는 피사체를 단번에 찍을 수 없다. 매번 거리가 다르고 빛의 성질이 시시각각 변하기 때문이다. 렌즈 속의 상이 선명해지려면 줌인과 줌아웃을 조절해가며 정확한 초점을 찾아야 한다. 마찬가지로 나를 가까이서만 보면 정확히 볼 수 없다. 멀리서만 본다 하여 더 잘 볼 수 있는 것도 아니다. 수동 카메라의 줌인과 줌아웃을 다루듯 나를 가까이서 그리고 멀리서 반복해서 바라봐야 내가 선명해진다.

　당일 여행은 일상을 벗어나지만 일상과 완전히 등지는 여행이 아니다. 그보다 일상을 옆에 두고 잠깐 한눈 팔 수 있는, 일상에서 한 발자국 정도 떨어지는 여행에 가깝다. 하루 안에 이방인의 눈과 일상의 눈을 동시에 가질 수 있기 때문이다. 어색한 곳과 익숙한 곳을 오가고, 낯선 나와 친숙한 나를 멀리서 또 가까이서 살피며 나만의 초점을 찾아간다.

　또한 나를 온전히 비우라든지, 새로운 나를 찾아 나서라는 따위의 거창함이 끼어들 정도가 아니기에 부담이 없다. 익숙한 내가 익숙하지 않은 공간으로 '쓰윽' 하고 잠시 이동하는 것이다. 그리고 낯선 환경에서 보고 듣고 느끼면서 자동으로 반응하는 나를 온전히 수용하기만 하면 된다. 무리하게 해석하려들거나, 작위적인 사색의 이유를 달 필요도 없다. 자신이 몸담고 살아가는 일상에서는 반응할 거리가 없다. 규칙적이고 습관적인 삶의 양태 속에서는 의식적인 노력이 필요 없기 때문이다. 몸이 알아서 반응하는 사회에서, 낯선 세계로의 이동은 그 자체로 의미가 있다.

새벽에 왔던 공항을 밤늦게 다시 찾을 때, 보통의 여행과 다른 감정을 느낀다. 돌아갈 일상 앞에 우울감이 파도처럼 밀려왔던 이전의 여행과는 다르다. 아쉬움이나 두려움보다 앞으로의 설렘이 더 크다. 마음만 먹으면 당장 다음 주라도 또 떠날 수 있기 때문이다.

당일 여행에서 여행지는 크게 중요하지 않다. 공항을 향하는 나, 비행기가 활주로를 밀치고 비상하는 순간 땅과 멀어지는 나를 관망하는 나, 외딴 공항 한구석에서 시내로 나가 볼 생각도 않고 하늘과 바람 사이에서 조용히 책을 읽는 나, 안내 지도를 버리고 무작정 마음이 이끄는 대로 식당 문을 열고 들어서는 나, 말이 통하지 않아도 굳이 애쓰지 않는 나, 오후의 부드러운 볕을 향해 양팔을 벌리고 선 나, 정한 바도 없고 정해진 바도 없는 시간 안에서 온전히 그때그때의 선택과 결정이 만들어내는 동선 위를 흐르듯 떠다니는 나. 나는 온전히 시간이 부여한 사치를 이렇게 누리기에 어디로 떠나든 전혀 상관없다.

여행지에서는 무언가를 봐야 한다는 목적 의식을 내려놓고 나를 있는 그대로 느끼는 것이 중요했다. 여행지에서 무엇을 하며 보내는 것보다 낯선 곳에서 느끼는 나의 감각과 반응이 이후 나를 어떻게 이끌지가 늘 궁금했다.

처음엔 어떻게든 일상에서 도망치고 싶어 당일 여행을 시작했지만, 지금은 일상을 사랑할 힘을 얻기 위해 떠난다. 그 자체만으로도 내 안에서 그동안 설명되지 못한 화가 수그러든다. 또한 생각이 자연스레 정리되거나 갑자기 새로운 아이디어가 떠오르기도 한다. 책상 앞이었다면 이 모든 건 불가능한 일인데 말이다. 당일 여행에서 나는 아무것도 하지 않을 생각으로 떠나지만 돌아오고 나면 늘 꽉 들어찬 충만감을 느낀다. 내 일상을 사랑하게 만드는 것이다.

여행에서 무언가를 찾는다는 개념보다, 회복한다는 차원에서 이해하는 것이 옳지 않나 싶다. 회복이란 몸을 쉬어주는 것이다. 쉼은 약속된 규칙, 정해진 일과, 해야

만 하는 의무를 내려놓을 수 있는 권리를 행사하는 것이다. 아무것도 하지 않아도 될 자유를 행사하는 것이다. 여행지에서 무언가를 배우려는 의지를 무력화시키고 온전히 시간과 바람과 태양에 몸을 싣고 흐르다 돌아오는 것이다. 나의 여행은 늘 이런 식이다.

'당일치기 해외여행'은 말 그대로 하루짜리 해외여행이다.
아침 일찍 나서서 여행지에서 반나절 이상 여행하고, 그날 저녁
늦게 돌아오는 일정이다. 국내 여행과 다른 점이라면
출입국을 위해 여권과 항공권(승선권)이 필요하고, 반드시
공항(항만)을 거쳐야 한다는 정도다. 수도권을 기준으로
당일치기 일본 여행을 한다면 대략 다음과 같다.

	인천공항		여행		인천공항	
집		후쿠오카공항		후쿠오카공항		집

후쿠오카 당일치기	오사카 당일치기
진에어 항공권 기준	피치항공 항공권 기준
인천 → 후쿠오카 07:15-08:35	인천 → 오사카 07:30-09:15
후쿠오카 → 인천 20:15-21:35	오사카 → 인천 20:00-21:50

집→공항	(05:00-06:00)	1시간 정도	집→공항	(05:30-06:30)	1시간 정도
탑승수속	(06:00-06:25)	출국 50분 전	탑승수속	(06:30-06:40)	출국 50분 전
비행시간	(07:15-08:35)	1시간 20분	비행시간	(07:30-09:15)	1시간 45분
입국수속	(08:35-09:30)	1시간 내외	입국수속	(09:15-10:00)	1시간 내외
여행지이동	(09:30-10:00)	30분 내외	여행지이동	(10:00-11:00)	1시간 내외
여행시간	(10:00-18:30)	8시간 30분	여행시간	(11:00-17:30)	6시간 30분
공항이동	(18:30-19:00)	30분 내외	공항이동	(17:30-18:30)	1시간 내외
출국수속	(19:00-19:25)	출국 50분 전	출국수속	(18:30-19:10)	출국 50분 전
비행시간	(20:15-21:35)	1시간 20분	비행시간	(20:00-21:50)	1시간 50분
공항→집	(21:35-22:30)	1시간 정도	공항→집	(21:50-23:00)	1시간 정도

※위 예시는 평균적인 시간이며 실제 소요 시간 등이 달라질 수 있음.

02 당일치기 후쿠오카
{나를 위로하는 방식}

계획이 없습니다만

    그동안 나는 혼자보다 함께 떠나는 여행을 더 좋아했
다. 숙박비가 절약된다는 이유도 있지만, 사실 혼자 가면
외롭거나(혹은 무섭거나) 재미 없을 것 같다는 이유가 더
컸다. 여행의 감동도 혼자 누리기보다 누군가와 같이 나
누는 걸 좋아했다. 강렬했던 여행도 시간이 흐르면 점차
흐릿해지기 마련인데 그나마 함께 추억할 상대가 있다면
좀 더 오래 기억할 수 있을 것 같았다.
    하지만 함께하는 여행은 준비 과정, 특히 일정 조율부

터 만만치가 않다. 직장인들은 주말이나 연휴가 아닌 이상 휴가를 써야 하는데 각자 회사 사정이 달라 맞추기가 어렵다. 하루나 이틀이라도 휴가를 맞추는 건 쉬운 일이 아니다. 그나마 휴가를 편히 쓸 수 있는 여름 휴가 기간에는 성수기라 항공권이 비싸고, 좋은 숙소는 이미 만실인 경우가 대부분이다. 최악의 경우엔 둘 중 한쪽에 급한 일이 생겨 어쩔 수 없이 여행 자체를 취소하는 경우도 생긴다.

여행 기간과 날짜를 맞춘 후에는 더 복잡한 문제가 기다린다. 세부적인 일정과 동선에서 서로 의논해야 할 것들이 한두 개가 아니다. 크게는 나라, 도시 등 여행지 선택부터 작게는 음식과 숙소, 쇼핑 등 여행의 취향까지 서로 맞춰야 한다. 아무리 친하고 편한 사람이라도 여행 스타일과 선호까지 나와 완전히 같을 수는 없기 때문이다. 따라서 여행은 미리부터 준비하고 조율하는 것이 당연하다고 생각해왔다. 당일치기 해외여행을 알기 전까지는 말이다.

혼자 떠나는 첫 여행지, 후쿠오카! 떠나기 이틀 전, 휴가 승인 결재를 받자마자 항공권을 결제했다. 누군가와 일정을 맞추는 게 아니라 내가 떠날 수 있는 날, 떠나고 싶은 날에 휴가를 내니 여행 준비는 끝이다. 가방에 여권과 지갑, 책과 다이어리만 넣어두고 잠들었다. 혼자 떠나는 하루짜리 여행엔 '거창함'이 끼어들 틈이 없다. 어디를 가고, 무엇을 보고, 어떤 것을 먹을지 류의 고민은 도착한 뒤에 해도 늦지 않다. 준비물 없는 가벼운 여행 가방처럼 준비 없는 가벼운 여행을 하고 싶었다.

그렇게 무계획 첫 당일치기 여행이 시작되었다.

순수한 여행의 순간

뺨을 스치는 바람이 낯설다. 내가 살던 곳과는 사뭇 다른 햇살이 내리쬐는 이곳, 어느새 하카타역에 도착했다. 한 시간 정도 비행기를 타고 날아왔을 뿐인데 나를 둘러싼 배경은 금세 낯섦으로 덧칠해졌다. 잔잔했던 배경 음악도 낯선 리듬에 맞춰 템포를 바꿨고, 나는 어느새 이방인이라는 새로운 신분을 갖게 되었다.

하카타역 주변을 할 일 없이 돌아다니며 눈과 귀 그리고 몸을 적응시켰다. 낯설게 다가오는 꼬부랑 일본 활자를 눈에 담고, 주변의 일본인들이 나누는(하지만 전혀 알아듣지 못하는) 낯선 소리에 귀를 세운다. 어색한 보도블

록을 밟고, 생소한 거리를 걷고, 익숙지 않은 신호 체계를 따른다. 천천히 이방인 여행을 준비한다.

소설가 김연수는 여행에서 가장 순수한 경험은 여행지에서 눈에는 보이지 않지만 자신과 같은 인간을 만날 때라고 했다. 그는 알함브라 궁전을 두 번 갔는데, 혼자서 돌아보니 전에 여럿이 볼 때와는 다른 모습이 보였다고 한다. 그곳은 단순한 관광지가 아니라 자신과 같은 인간들이 살고 사랑하고 증오하다가 죽어간 생활 공간이었다. 낯선 공간에서 만난 누군가를 나와 동일시한 것은 시공간을 초월한 인간 본연의 모습과 마주했기 때문일 것이다.

나에겐 타국에 홀로 떨어진 지금이 가장 순수한 여행의 순간이다. 낯선 곳에 홀로 선 날것의 나를 만날 때다. 이곳에서는 내가 가진 지위와 능력 따위는 철저히 무시된다. 그저 한 명(한 마리라고 할 뻔했다)의 이방인일 뿐이다.

아는 사람 하나 없고, 나를 아는 사람 또한 없다는 것은 그 자체로 어떤 의미가 된다. 그것은 외로움인 동시에 위안으로 다가온다. 일상과의 연결은 끊겼지만 대신 새로운 가능성으로 이어질 수 있다. 어제까지 나를 둘러싼 세계를 무시하고 날것의 내게 걸맞는 세계로 이끈다. 모든 시선을 나에게만 쏟고, 내가 직접 느끼고 반응하는 것에만 집중한다. 떠오르는 생각과 감정에 깊이 빠지거나 혹은 헤어나오지 못해도 상관없다. 내가 원하는 것만을 이어 나만의 공간과 시간을 만든다.

여행은 내가 가진 많은 것을 버리게 한다. 일상에서 나를 지탱했던 많은 것들이 여행지에선 무의미하다. 낯선 공간은 낯선 지위를 주고 낯선 생각을 하게 한다. 날것의 내가 드러난다. 낯선 세상을 온몸으로 받아들이며 본래의 나, 가감 없는 나의 참모습을 만난다. 이때가 바로 혼자 떠나지 않았다면 느끼지 못했을 가장 순수한 여행의 순간이다.

어쩌면 혼자 떠나는 하루 여행은 본연의 나를 만날 수 있는 가장 쉬운 방법일지 모른다.

하카타역[博多驛]
주소 〒812-0012 福岡縣福岡市博多區博多驛中央街 1 - 1
전화번호 +81 92-431-0202

다도 체험과 고진감래

분주한 하카타역 주변을 서성이다보니 문득 조용한

곳에 가고 싶었다. 사람들로 북적이지 않는 곳, 차분히 생각에 잠길 수 있는 곳이면 좋을 것 같았다. 검색 앱을 실행시켜 검색창에 '하카타역'과 '조용한'을 한꺼번에 넣었다. 조용한 곳은 공원이나 정원, 카페나 건물 옥상도 될 수 있을 테니 장소에는 제한을 두지 않았다.

가까운 곳에 '라쿠스이엔(樂水園)'이라는 정원이 있다. 누군가는 이곳을 비밀의 정원으로, 또 누군가는 도심 속 정원으로 소개했다. 역에서 10분 정도 걸으니 어느새 정원 입구다. 소개된 대로 그곳엔 도심 속 정원이 숨어 있었다. 정원은 현대식 건물 사이를 비집고 들어가 돌담으로 자기만의 구역을 만들었고, 그로 인해 두 공간은 서로 다른 세계인양 분리되어 있었다. 회색빛 빌딩숲에서 초록빛 진짜 숲을 찾았다.

정원을 한 바퀴 둘러본 후 다도 체험실로 향했다. 일본식 다도는 처음이라 처음엔 신발을 어디다 벗어둬야 할지부터 고민이 되었다. 안내해주시는 분과 눈치껏 소통한 뒤 신발을 벗고 다실에 자리를 잡고 앉았다. 다실은 문이 열려 있어 정원의 모습을 한눈에 내다볼 수 있었다. 얼마 후 기모노를 입은 직원이 들어와 무릎을 꿇은 뒤 다과를 내어주셨다. 나도 얼른 양반다리를 풀고 마주 앉아

나름의 예를 갖추었다. 직원은 말차와 과자를 한 번씩 가리키며 뭐라 말한다. 마시는 방법을 알려주는 듯했다. 간단한 설명인 것 같았지만 한 단어도 알아듣지 못했기에 그저 웃으며 '아리가또 고자이마스'만 되풀이했다.

그녀가 나가고 이제 다실에 혼자 남았다. 진녹색의 말차와 무지개색의 과자가 정원 풍경과 어우러져 색감이 더 선명하다. 흐뭇하게 바라보며 무심코 찻잔을 들었는데, 순간 차를 먼저 마셔야 할지 과자를 먼저 먹어야 할지 헷갈렸다.

어린 시절 어머니는 아침 식사가 끝나면 매번 한약을 챙겨주셨다. 쓰디쓴 한약을 좋아하는 어린이가 어디 있을까. 어른이 된 지금이야 '입에 쓴 약이 몸에 좋다'라는 말이 어느 정도 통하지만(하지만 한약은 여전히 먹기 힘들다.), 당시 나에겐 어머니의 어떤 달콤한 말도 통했을 리 없다. 어머니는 한 가지 묘책을 내놓으셨는데 바로 한약을 다 마시면 초콜릿을 주겠다는 약속이었다. 초콜릿은 딸이 아주 좋아하지만, 충치가 생길까봐 잘 사주지 않았던 간식이다. 결국 나는 단것을 얻기 위해 쓴 것을 먼저 삼켜야 했다. 어머니는 이렇게 딸이 몸소 '고진감래(苦盡甘來)'를 체험(?)하도록 유도하셨고, 그 뒤로도 종종 인생

사는 모두 고진감래와 같다고 하셨다.

나는 무엇이 먼저일지 잠시 고민한 뒤 고개를 끄덕이며 찻잔을 다시 들었다. 어차피 '고진감래'는 모든 나라에 통하는 인생 교훈일 테니 쓴 차를 마신 뒤에 단 과자를 먹는 게 맞을 것 같았다. 쌉쌀함과 씁쓸함의 중간쯤 되는 진한 녹색의 맛이 혀끝으로 전해졌다. 이제 쓴맛을 달래줄 달콤한 보상을 맛볼 차례다. 그러나 보는 것만으로도 달콤함이 느껴졌던 과자는 제 능력을 발휘하지 못했다. 과자의 단맛은 거의 무(無)에 가까웠다. 말차가 너무 써서 그런 걸까 아니면 과자가 덜 달아서 그런 걸까. 아니면 더 큰 달콤함을 바라는 내 마음이 문제였을까.

집에서도 학교에서도 직장에서도 원칙은 '고진감래'였다. 참고 버티고 노력하면 반드시 그만한 보상이 따른

다는 것이다. 좋은 말이긴 하지만 과연 이 말이 모든 상황에 적용되는 것일까. 안타깝게도 세상은 그렇게 녹록지 않았다. 어쩔 땐 단순히 참고 버티는 것이 어리석은 일이 되기도 했다. 어쩌면 쓰고 긴 기다림 끝에 내가 얻은 건 달콤한 결과가 아닌 초라한 열매뿐이었을지도 모른다.

결론적으로 나의 다도 순서는 틀렸다. 일본 다도 예법에서는 과자를 먹은 후 차를 마신다고 한다. 과자를 먼저 먹는 데는 나름의 이유가 있다. 과자를 먼저 먹으면 입안에 미세하게 단맛이 남아 차를 더 맛있게 즐길 수 있고, 공복에 차를 마실 때 위에 가해지는 부담을 줄여줄 수 있기 때문이라고 한다. 앞서 느낀 단맛으로 뒤이은 쓴맛을 중화시키는 것 같았다.

만약 어머니께서 그때 초콜릿을 먼저 준 후 한약을 권하셨더라면 지금 많은 것들이 변해 있었을까. 나는 인생의 이치를 지금과 다르게 깨달았을까.

라쿠스이엔[樂水園]
운영시간 09:00 - 17:00(화요일 휴무)
입장료 어른 ¥100, 다도체험 ¥300(추가 금액)
전화번호 +81 92-262-6665
주소 ⟩ 812-0018 Fukuoka Prefecture, 福岡市博多區住吉 2 丁目 1 0 - 7
웹사이트 http://rakusuien.net

라멘집에서 만난 25년 전 그날

점심시간이 훌쩍 지난 뒤에야 배가 고파왔다. 늦은 점심을 어디서 먹어야 할까. 한국에까지 알려진 가게는 줄서서 기다려야 할 것 같고, 그렇다고 아무 데나 들어가기도 꺼림했다. 검색하기는 귀찮고 모험하는 건 불안하여 그냥 왔던 길을 되돌아 처음 출발지인 하카타역으로 왔다. 역과 연결된 쇼핑몰에 뭐라도 있지 않을까 했는데 예상대로 식당가가 꽤 잘되어 있었다. 깔끔할 것 같은 가게를 둘러보다 '잇푸도(一風堂)'라는 라면집 앞에서 멈췄다. 후쿠오카를 대표하는 음식도 분명 있을 테지만, 왠지 일본 여행에서 한 끼 정도는 라면을 먹어야만 할 것 같다.

라면과 함께 생맥주 한 잔 그리고 교자를 주문했다. 라면 국물의 묵직함과 맥주의 청량감은 언제나 아름다운 조합이다. 곧 뽀얀 빛깔의 라면이 등장했고, 나는 의식을 치르듯 경건하게 입안을 맥주로 헹궜다. 라면을 먹기 위해 젓가락을 찾는데 하필 젓가락 통이 비어 있었다. 대수롭지 않게 바로 손을 들었는데, 직원이 다가오자 갑자기 아무 생각이 나지 않는다. 젓가락이 영어로 뭐였더라. 일본어로는 뭐지? 이미 알고 있던 '찹스틱(Chopsticks)'도,

하루 전날 남편이 알려 준 '하시(はし)'도 생각나지 않았다. 마침내 직원이 코앞까지 다가왔을 땐 정말 생각지도 못한 말을 뱉어버렸다.

"저분… 저분(?)."

나도 모르게 내뱉은 말에 내가 더 놀랐다. 차라리 '젓가락'이라고 했으면 덜 이상했을 텐데 저분이라니. 어떻게 저분이라는 말이 나온 거지. 살면서 한 번도 쓰지 않았던 말이 하필 낯선 이국땅에서 터져나올 줄이야. 직원은 금방 눈치를 채고 젓가락을 가져다주었지만, 나는 어떻게 저분이라는 말이 나온 건지 한참을 생각해보았다.

'저분'을 검색해보면 첫 번째 뜻은 저 사람을 높여 이르는 3인칭 대명사로, 두 번째 뜻은 젓가락의 방언이라고 나온다. 내가 말한 '저분'의 뜻은 당연히 후자다. 이 단어는 사실 내가 태어난 대구에서도 이미 오래 전부터 퇴화하고 있는 사투리다. 어릴 때 부모님도 잘 쓰지 않으셨던 단어라 굳이 기억하고 있을 필요도 없었다.

단서를 찾기 위해선 무려 25년 전으로 거슬러가야 한다. 초등학교 1학년 때 사촌들과 의성에 있는 외갓집에서 겨울 방학을 보낸 적이 있었다. 당시 외할머니는 항상 젓가락을 '저분'으로, 가위를 '가시게'라고 말씀하셨다. 그

때마다 서울에서 온 사촌오빠(가장 나이가 많았던)는 저 말은 사투리라며 쓰면 안 된다고, 또 사투리는 촌스러우니 자기가 쓰는 서울말을 배워야 한다고 동생들에게 일장연설을 했다. 남몰래 사촌오빠를 흠모하던 나는 고개를 끄덕이며 절대 저 사투리를 쓰지 않겠다고 다짐했던 기억이 난다.

《당신의 여행에게 묻습니다》에서 저자 정지우는 낯선 곳에서 다시 체험하는 '오래된 기억'을 인문학적으로 접근하고 있다. 우리는 낯선 곳을 여행하고 있지만, 그와 동시에 우리 내면의 가장 오래된 장소와 기억들과 만난다고 한다. 우리 동네, 내가 다니는 회사와 같은 나를 둘러싼 공간들은 서로 이어져 내 현실을 구성하는데, 이는 절대 불변의 생활 반경처럼 '원래의 세계'로 인식된다. 그러나 여행을 떠나게 되면, 내가 있던 그 공간도 여러 공간 중 하나라는 것을 실감하게 되는 것이다. 어린 시절의 동네와 집, 학교 같은 것들이 현재 내가 사는 동네와 집, 학교와 동등하게 배열된다. 또한 현재 지내는 공간의 우위가 무너지면서 그 장소에 감추어진 기억들도 되살아난다고 한다. 이렇게 우리는 여행을 통해 '공간과 기억의 평등'을 실현하게 된다.

나는 '저분'이라는 말을 토해냄으로써 의식적으로 억눌렀거나, 까마득히 잊힌 옛 기억을 되찾을 수 있었다. 후쿠오카 라멘집에서 25년 전 겨울, 외갓집의 추억을 떠올린 것이다. 다음번 여행에서도 사라진 기억을 선물 받을 수 있을 거라는 기대가 생겼다. 외갓집에서 보냈던 겨울 방학이 다시 떠오른다면, 그때는 외할머니의 고우셨던 얼굴도 함께 생각나면 좋겠다.

잇푸도라멘 하카타역점[一風堂]
운영 시간 11:00 - 24:00
전화번호 +81 92-413-5088
주소 〒812-0012 福岡縣福岡市博多區博多驛博多中央街１１JR博多シティ
웹사이트 http://www.ippudo.com

낯선 남자와의 한 시간

라면집에서 나온 뒤 다음엔 또 무얼 할까 생각했다. 하카타역 근처를 배회하며 새로운 곳을 찾아볼지, 디저트를 먹으러 카페에 갈지, 아니면 쇼핑몰을 둘러보며 구경할지…. 일단 '층별 안내도'를 확인했다. 층마다 어떤 가게들이 있는지 살펴보고 싶었지만, 슬프게도 읽을 수 있

는 글자는 '옥상정원(屋上庭園)'이라는 한문뿐이었다. 태
연하게 고개를 끄덕이며 마치 원래 옥상에 가고 싶었던
사람처럼 걸음을 옮겼다. '맥주를 한잔했더니 얼굴이 달
아오르네. 이럴 땐 옥상에서 시원한 바람을 쐬야 해.'

　옥상에 도착하니 이름 그대로 '정원'이 기다리고 있
었다. 어쩌다 올라온 곳인데 생각보다 괜찮아서 또 태연
히 놀라지 않은 척 곳곳을 둘러보았다. 길목마다 나무와
꽃들이 가득하고, 곳곳에 테이블과 의자가 있으며, 바닥
이 시멘트 대신 나무로 덮여 있는 곳이 많았다. 한쪽에는
'열차의 신'을 모신다는 작은 철도 신사가, 정원 가운데
쯤에는 전망대도 있다. 반대쪽에는 어린이들을 태운 미
니 트레인이 그럴싸한 기차 소리를 내며 돌아다닌다. 정
원 설계자는 이곳이 차가운 건물로 보이지 않도록 부단
히 노력했던 것 같다. 그가 남긴 따뜻한 노력을 정원 곳곳
에서 찾을 수 있었다.

　'여기서 쉬었다 가자.'

　공원을 한 바퀴 돌아본 후 앉아서 쉴 만한 공간을 찾
았다. 평일 낮이라 공원은 조용한 편이었지만, 나는 더
조용한 곳을 원했다. 공원 귀퉁이에서 테이블을 발견했
는데 다행히 앉아 있는 사람은 한 사람, 일본인뿐이었다.

테이블은 총 다섯 개였는데, 테이블마다 서너 개의 의자가 딸려 있었다.

검은 정장 차림의 남자는 그중 첫 번째 테이블에서 책을 읽고 있었다. 일하다가 잠시 쉬러 나온 걸까. 아니면 점심시간에 짬을 내어 독서를 하러 온 걸까. 그의 옆을 스치며 곁눈질로 살폈으나 가방이나 지갑 같은 다른 소지품은 보이지 않았다. 아마 이 빌딩에서 일하는 직장인이겠지. 빠른 추측을 끝낸 후 나는 조용히 마지막 테이블에 자리를 잡고 그와 마주 보는 방향으로 앉았다. 그와 나 사이에는 세 개의 빈 테이블이 있었지만, 이곳엔 우리 둘뿐이었기에 마치 긴 테이블의 양 끝에서 서로 마주 보는 모습이었다.

가방에서 읽다 만 책을 꺼내 들었다. 우리는 그렇게 한 공간에서 책을 읽었다. 그는 세로쓰기 된 책을, 나는 가로쓰기 책을. 서로 각자의 책을 읽으며 각자의 감성에 젖었지만, 나는 이름도 얼굴도 모르는 그에게서 알 수 없는 동지애를 느꼈다. 간간이 고개를 들어 그가 나와 마주하고 있다는 것을 확인할 때면 잠깐 뭉클했고, 오랫동안 흐뭇했다.

그와 나 사이에는 세 개의 테이블이라는 물리적 거리

와 일본인과 한국인이라는 정서적 거리가 존재했다. 이는 둘 중 누구도 서로를 침범하지 않을 것이라는 암묵적인 약속 같았다. 안정적이며 안전한 거리였다. 적당한 거리를 유지하며 우리는 이 공간을 서로의 온기로 잔잔하게 채웠다.

나는 어쩌면 나를 모르는 이에게서 위안을 찾고 있었던 게 아닐까. 나와 아무런 관계가 없는 낯선 이에게서 무언의 위로를 받으러 온 건 아닐까. 눈을 감으니 생경한 이곳의 소리가 더욱 생생해진다. 역 주변 기차 소리, 정원을 구경하는 아이들 웃음소리, 옥상에 모여 있는 환풍기 소리, 멀리서 들리는 새소리, 간지러운 바람 소리까지 이질적인 화음을 이루며 낯선 곡을 연주했다. 그 음악은 곧내가 이해할 수 있는 새로운 음절로 바뀌었다.

'괜찮다.'

'고생 많았다.'

이 말이 듣고 싶어 그렇게 삐뚤어졌던가. 감당하기 어려웠던 프로젝트를 끝내고 도망치듯 항공권을 끊어 타국으로 날아왔다. 여행 가방은 분명 가벼웠으나 어깨는 무거웠다. 미움과 서운함이 동시에 어깨를 짓눌렀다. 나를 인정해주지 않는 상사가 미웠고, 나를 이해해주지 않는

동료들에게 서운했다. 나는 그들의 작은 눈빛에도 크게 흔들렸고 또 좌절했다.

타국에 와 이방인이 돼서야 그런 내가 얼마나 어리고 어리석었는지 깨닫는다. 일상에서 한 발짝 떨어지니 일상 속의 내가 객관적으로 보인다. 지금 내 앞의 그와 적당한 거리를 유지하듯 사회 생활도 적당한 거리를 유지했어야 했다. 서로 침범하지 않을 안정적인 거리가 필요했다. 하지만 나는 처음부터 누군가 나를 침범해주길 바랐다. 내가 의지할 사람 그리고 나를 믿어줄 사람을 찾았다. 작은 호의에 크게 기뻐했고, 작은 무관심에 크게 서운해했다. 사회 생활을 해야 했는데 다시 학교 생활을 했었나 보다. 나에겐 마치 회사가 학교고, 동료는 친구이며 상사는 선생님 같았다. 선생님께 인정받는 학생, 친구들에게 인기 있는 친구처럼 회사에서도 그런 직원이 되고 싶었던 것이다.

내가 듣고 싶었던 그 말은 다른 누군가에게 구걸하는 것이 아니라 나 자신에게 해야 했다. 그들이 날 인정하지 않았던 게 아니고, 내가 나 자신을 인정하지 않았던 것이다. 다른 사람에게 의지하는 것이 아니라 나 자신을 스스로 의지해야 했다. 남에게 의지할수록 남을 의식할수록 나는 더 외로워질 뿐이었다.

한 시간쯤 흘렀을까. 책을 다 읽은 건지 근무 시간이 시작된 건지 그는 자리를 떴다. 나는 고마움을 담은 눈빛으로 작별 인사를 했다. 그는 나에게 아무런 메시지를 주지 않았지만, 나는 그와 이 공간이 전하는 어떤 메시지를 읽을 수 있었다. 조금 여유로운 마음으로 어제의 나와 어제의 감정을 마주할 수 있었기 때문이다. 어깨를 무겁게 했던 노여움은 어제 날짜 일기장에 과거형으로 꾹꾹 눌러 담았다. 오늘 자에는 미안함으로 바뀐 새로운 마음들을 적었다.

옥상정원 [屋上庭園 つばめの森]
운영 시간 10:00 - 23:00
주소 〒812-0012 福岡縣福岡市博多區博多驛中央街 1 - 1 아뮤프라자 RF층
웹사이트 http://www.jrhakatacity.com

한눈에 보는 당일치기 후쿠오카

▲항공권 : 티웨이항공
인천 → 후쿠오카 10:10-11:25
후쿠오카 → 인천 21:00-22:25

▲동선 및 일정
후쿠오카공항 국제선 터미널(12:00) → [버스or전철 20분] → 하카타역(12:20) → [도보] → 라쿠스이엔(12:30) → [도보] → 하카타역 잇푸도라멘(14:00) → [도보] → 옥상정원(15:30) → [도보] → 카페 방문 및 쇼핑(17:30) → [도보] → 하카타역(19:40) → [버스or전철 20분] → 후쿠오카공항 국제선 터미널(20:00)

▲예산
항공권 : 13만 원 정도 / 저가항공(인천⇔후쿠오카 왕복)
교통비 : ￥520 / 후쿠오카공항 하카타역 왕복 전철 및 버스
          (￥260)×2
입장료 : ￥400 / 라쿠스이엔(입장료 ￥100 및 다과 체험 ￥300)
식비 : ￥3,100
          점심 : 잇푸도라멘(라멘 ￥790, 하프교자 ￥220, 생맥주 ￥500)
          카페 : 무츠카도(후르츠산도 ￥580, 소다음료 ￥480)
          기타 : 생수 등 간식 ￥500
TOTAL : 17만 원 정도
※쇼핑 비용 및 인천공항 왕복교통비 제외

03 당일치기 기타큐슈
{평일이라 더 완벽하다}

もじこ
門司港
MOJIK

2

현실적으로 확실한 선물

　내가 일하는 곳은 1년에 한 번꼴로, (행사 규모에 따라 다르지만) 평균 3개월 간 일감이 쉴 새 없이 몰아친다. 그날을 위해 전 직원이 달리고 또 달린다. 야근과 주말 출근을 밥 먹듯 하고, 컴퓨터 그리고 문서와 씨름한다. 점심시간은 짧아지다 못해 나중엔 거의 없어지는데 그 덕에 (?) 의도치 않게 다이어트에 성공한 직원도 있다. 저녁은 대부분 중국 음식인데 정말 이러다가 중국인이 될 것 같다는 말도 안 되는 불안감에 사로잡히기도 한다.

디데이가 가까워질수록 직원들의 행색은 초라하다 못해 빨래를 할 시간도 없어 급한 대로 아무 옷이나 걸치고 다닌다. 한 번은 아무리 찾아도 깨끗한 옷이 없어 어쩔 수 없이 유행 지난 치마를 입고 갔는데, 동료들은 동병상련이라는 듯 '오늘 입을 옷이 진짜 없었구나'라고 위로를 해주었다. 평소라면 '오늘 무슨 날이야?'라고 물어봤을 텐데 말이다.

마침내 대망의 그날이 오면 우리는 이틀 밤을 꼬박 새우며 행사의 대미를 장식한다. 삶의 질이 한없이 떨어지던 구간이 끝나면, 전 직원은 축배를 들고 자화자찬하며 지난 행사의 여운을 즐긴다. 어제까지 정신없이 바빴던 사무실은 어색할 정도로 조용해지고, 쉬지 않고 울렸던 전화기도 잠잠하다. 우리는 그동안 소홀했던 가족과 지내거나 친구들을 만나고, 고생했던 자신에게 선물을 주기도 한다. 그간 쓸 시간이 없어 차곡차곡 모인 돈으로 쇼핑을 하거나, 여행을 계획하며….

나도 나에게 근사한 선물을 주고 싶었다. 물론 고민할 것도 없이 답은 '여행'이다. 아직 여행만큼 확실하게 기쁨을 주는 건 없다. 여행을 가려면 휴가를 써야 하는데 아직 행사 마무리가 남아 길게 쉴 수는 없다.

업무에 지장을 주지 않고, 상사나 동료 눈치도 보지 않으며, 가족에게 미안하지 않을 정도의 휴가를 쓴다면? 결국 '하루' 휴가가 답이다. 다음날 바로 출근하기 때문에 자리를 비우는 동안 생긴 문제도 늦지 않게 처리할 수 있다. 게다가 가족이나 남편에게 미안해할 필요도 없다. 야근이나 회식으로 조금 늦는다고 생각하면 되니까.

항공권 검색 앱을 실행하고는 빈칸을 채우기 시작했다. 출발지는 '서울', 도착지는 'everywhere'다. 오전 일찍 출발하고, 오후 늦게 도착하는 일정 중 항공권이 저렴하고, 비행 시간도 짧으며, 이왕이면 처음 가는 곳이면 좋을 것 같았다. 레이더망에 들어온 곳은 기타큐슈(왕복 88,000원), 위의 조건을 모두 갖춘 유일한 곳이었다.

구글맵에서 기타큐슈(北九州) 위치를 확인해보니 이름처럼 규슈 북쪽에 있는 도시였고, 후쿠오카현에 속해 후쿠오카시와도 가까웠다. 대략적인 도시 정보를 확인한 뒤 공항에서 도심까지의 동선을 파악했다. 이 정도 정보면 충분하다. 마지막으로 다음 주 일기 예보도 확인한다. 다행히 비 소식은 없다. 이미 모든 것은 결정됐다. 여행을 떠나기 이틀 전 회사에 휴가를 보고하여 결재를 받았고, 동시에 항공권을 결제했다. 이제 떠나는 일만 남았다.

어제와 지금의 레트로한 만남

기타큐슈에는 '모지코 레트로(門司港レトロ)'라는 지역이 있다. '레트로'는 회상, 추억이라는 'Retrospect'의 준말인데, '복고풍'이나 '복고주의'를 지향하는 유행 또는 패션 스타일을 의미한다. 사실 '레트로'는 외래어처럼 널리 쓰여 패션뿐 아니라 소품이나 인테리어에도 곧잘 따라붙는다. '복고(復古)'나 '구제(舊製)'라고 하면 촌스럽게 보일 것들도 '레트로(Retro)'나 '빈티지(Vintage)'라는 설명을 붙이면 어쩐지 세련되어 보이기도 한다.

그런 점에서 복고풍의 모지항(모지코 레트로)은 성공한 관광지다. 단순히 '모지코'로만 홍보했다면 기억 속으로 사라질 항구였을지 모른다. 모지코는 1889년 개항한 이래 근대 일본을 지탱한 국제 무역 항구 도시로 번영했던 곳이다. 그러나 1942년 본토(혼슈)와 규슈를 연결하는 간몬터널이 개통되면서 배를 이용한 물자 수송이 줄어들어 점차 쇠퇴의 길을 걷게 된다. 그 후 자치단체와 주민들이 협력해 모지코의 옛 모습을 재현하는 관광 활성화에 노력했고, 1995년에 이르러 오늘날의 '모지코 레트로'로 다시 태어났다. '레트로'를 접목함으로써 복고풍이라는 새로운 정체성을 가지고, 과거로 돌아갔음에도 오히려 세련된 이미지를 얻을 수 있었다.

고쿠라역에서 열차(JR 가고시마선)를 타고 10여 분을 달리면 모지코역에 다다른다. 모지코 레트로 지역은 모지코역에서 모지항을 따라 이어지는 약 1㎞ 구간인데, 역에서 내려 조금만 걸어 나오면 바로 시작된다. 이곳엔 모지코의 옛 영광을 추억할 수 있는 1900년대 복고풍 건축물이 꽤 남아 있다. 재밌게도 모지코 레트로의 첫인상은 '이질적인 조화'였다. 옛 건물과 요즘 건물, 일본식 건물과 유럽식 건물이 서로 어색한 어울림을 이루고 있다. 물론 건축을 잘 모르는 이방인은 모든 평가를 '이질적이다'로 통일할 수밖에 없어 오히려 '조화롭다'고 생각했

을 수도 있겠다.

화려한 외관에 비해 건물들 내부는 대부분 단출하였다. 낡은 바닥을 밟고, 창문에 비치는 햇살을 읽으며 100년 전 이 공간을 상상해봤다. 건축 구조를 이해할 수 없으니 떠오르는 이미지에 의지해야 했다. 당시 사용된 용도를 생각하며 사람들로 북적이던 세관과 상선, 클럽의 모습을 추측했다.

이곳에서 가장 인기 있는 건물은 아인슈타인 박사가 머물렀다는 '구 모지 미쓰이 클럽'이다. '아인슈타인 박사'라는 스토리 때문인지 다른 건물들에 비해 좀 더 친근한 느낌이다. 책으로만 봤던 유명 박사님을 일본의 한 클럽에서 우연히 만난 느낌이랄까. 2층엔 당시 박사님 내외가 사용했던 침실과 욕실도 재현되어 있다.

내 맘대로 해석한 짧은 건축물 투어를 끝낸 후 자전거 대여점(JOYiNT)을 찾았다. 모지코 레트로는 걸어서도 충분히 돌아볼 수 있는 곳이지만 관광지가 아닌 곳도 가보고 싶었다. 사실 자전거만 있어도 기동력이 좋아져 여행이 훨씬 쾌적해진다. 도보 여행에서 다닐 수 있는 동선의 두세 배쯤은 거뜬히 가능하다. 빌릴 수 있는 자전거는 모두 '전동' 자전거다. 전동 자전거는 처음에 페달을 한 번만 밟아주면 그 후에는 전기의 힘으로 쭉쭉 나아간다. 전기가 도와주는 속도에 조금만 적응하면 누구든 프로처럼 탈 수 있다. 세상 평온한 표정으로 우아하게 발길질을 하는 여행자의 모습을 상상하면 된다.

짭짤한 바닷바람을 맡으며 미끄러지듯 모지항을 빠져나왔다. 어느 정도 멀어졌다고 느꼈을 땐 이미 주택가에 와 있다. 나처럼 자전거를 탄 사람을 가끔 마주치긴 했지만, 거리에 사람들은 거의 보이지 않았다. 자전거 체인과 배터리 돌아가는 소리만이 이 정적을 깨는 듯하다. 덕분에 단정한 집들 사이로 나는 조금 요란하게 이방인이 왔음을 알렸다. 반듯하게 난 길 위에서 자주 방향을 틀었고, 어색한 공간을 익숙한 듯 배회했다. 관광지를 살짝만 비

껴도 이렇게나 고요한 그들의 일상을 마주할 수 있다.

작가 김영하는 여행을 가면 그 도시의 '묘지'에 꼭 들른다고 한다. 이유는 간단했다. 조용하고 고요해서다. 산 사람이 없는 적막한 묘지에서 그는 도시의 소음을 잠깐 잊고 휴식을 갖는다고 한다. 그곳에서 그는 오래된 생각을 묻고(埋), 소생하는 생각을 마주할지 모른다. 죽음이 있어야 새로운 시작이 있는 것처럼 말이다.

나도 비슷한 이유로 여행할 때마다 조용한 곳을 찾는다. 묘지처럼 특정한 곳은 아니더라도 정원, 옥상, 주택가, 도서관, 바닷가 등 조용한 곳이면 어디든 좋다. 일상의 소음을 잊을 침묵의 공간이 필요한가보다. 여행지에서 맞닥뜨린 낯선 침묵은 오래된 앙금을 쉽게 내려놓게 한다. 언제 깨질지 모르는 일상의 고요와는 달리 낯선 여행지에서는 탁한 마음이 내려앉을 때까지 조용히 기다릴 수 있다. 주의를 분산시키는 일상의 방해물에서 잠깐 떨어질 수 있기 때문이다.

나는 조용한 주택가를 돌아다니며 그간의 소음을 내려놓았다. 나와 상관없는 이곳에서는 다른 소리에 신경 쓸 필요가 없다. 그저 내가 만들어내는 작은 소리에만 집중하면 된다. 나보다 남의 소리에 더 귀 기울어야 했던 어제를 생각하면, 이곳의 낯선 적막이 얼마나 감사한지 모른다. 김영하 작가가 묘지에서 죽음을 마주하고 새로운 시작을 만나듯 나도 이곳의 적막 속에서 새로운 소리를 찾을 것이다. 죽음이 죽음으로만 끝나지 않고, 침묵이 침묵으로 끝나지 않도록 오늘은 나만의 소란을 피워볼까 한다. 오늘 하루는 내 안의 소리를 따라 내가 원했던 이야기를 풀어낼 것이다. 조금 떠들썩하게, 이곳의 적막이 사라지도록.

모지코 자전거대여소[JOYiNT]
운영 시간 10:00 - 18:00
주소 〒801-0853 福岡縣北九州市門司區東港町 6 - 6 6
전화 번호 +81 93-321-2272
대여료 1일 ¥500

오븐 속 카레의 뜨거운 변신

모지코 레트로엔 재미난 음식이 있다. 이름하여 '야키카레(燒きカレ—)'. '오코노미야키', '타코야키', '야키소바' 처럼 한국에서도 한 번쯤 들어봤을 야키(燒, やき)는 불에 굽거나 익힌다는 뜻이다. 야키카레는 카레를

불에 구운 것으로 생각하면 쉬운데, 모양새만 보면 '그라탕' 같기도 하다.

야키카레는 1950년대 한 찻집에서 남은 카레를 우연히 오븐에 구웠다가 발견한 음식이다. 오븐에 구워보니 향과 맛이 좋아져 실험적으로 메뉴에 추가시켜본 것이 시작이라고 한다. 도자기 그릇에 밥과 카레를 차례로 넣고 치즈와 계란을 올려 오븐에 구워내는 게 기본 조리법이다. 여기에 가게마다 자기만의 비법을 첨가하여 특색 있는 카레를 만들어내는데 모지코에만 20개가 넘는 점포가 있다.

모지코의 명물답게 야키카레 가게만을 표시해둔 '야키카레 지도'가 있는데, 여기엔 가게 위치뿐 아니라 가게별 카레의 특징과 대표 메뉴 사진, 가격 등도 자세히 적혀 있다. 카레와 치즈만으로 정면 승부를 하는 곳도 있고, 각종 채소나 해산물, 함박스테이크 등을 활용하여 다양한 맛을 내는 곳도 있다. 들어가는 재료에 따라 카레의 맛과 색은 물론 가격도 모두 다르다.

그중에서 내가 선택한 가게는 '모지코맥주공방'이다. 사실 카레와는 상관없고, 이곳이 기타큐슈의 유일한 맥주 양조장이라는 것에 끌렸을 뿐이다. 어차피 '치즈'가

들어간 음식은 맛이 없기가 쉽지 않을 테니, 카레보다 다른 것을 고려한 것이다. 야키카레를 먹으면서 커피를 마실까, 맥주를 마실까, 라고 묻는다면, 1초의 고민도 없이 당연 맥주다.

창가에 자리를 잡고 메뉴를 살펴보았다. 카레는 가장 기본인 야키카레로, 맥주는 독일 스타일 밀 맥주인 '바이젠'을 주문했다. 주문을 마친 후, 주변을 둘러보니 넓은 창으로 '블루윙'이 들어왔다. 파란 날개라는 근사한 이름을 가진 이 다리는 일본에서 유일한 보행자 전용 도개교라고 한다. 블루윙 아래로 배가 지나갈 때마다 수면으로부터 다리가 60도까지 올라가는데, 다리가 열리고 닫히는 시간에 맞춰 관광객들도 모였다가 흩어졌다.

블루윙은 '연인의 다리'로도 유명한데, 다리가 열렸다 닫힌 후 처음으로 이곳을 건너는 연인은 평생 헤어지지 않는다고 한다. 이번엔 누가 먼저 건널까 하는 생각을 하던 사이 황금빛 맥주가 도착했다. 청량한 기포가 터지며 알싸한 맥주 향이 코끝을 자극한다. 맥주 거품이 달아날세라 서둘러 입술에 갖다 댔다. 시원하게 한 모금 들이켜자 '바로 이거야!'라는 감탄사가 절로 나왔다.

여행에서 특히 평일 낮에 마시는 맥주는 언제나 달콤

하다. 쌉쌀함이 매력인 맥주가 달달하게 느껴지는 데는 다른 이유가 있다. 평일 낮술은 일종의 금기를 깨뜨리는 행동이기 때문. 저녁에 마시는 술, 주말에 마시는 술에는 아무런 제약이 없지만, 평일 낮은 그렇지 않다. 직장인이 근무 시간이나 점심 시간에 술을 마실 수는 없으니 말이다. 그래서 오늘처럼 평일 낮, 나를 아는 사람이 아무도 없는 곳에 있을 때면 어제까지 묻어둔 금기를 슬그머니 깨버린다. 별것 아닌 것 같은 이 작은 일탈은 소소하지만 확실한 카타르시스를 준다. 사무실 파티션 사이에 박혀 있던 어제의 나를 떠올리면, 지금의 내 모습은 뭐랄까 하루 만에 대단한 변신이라도 한 듯 근사해 보인다.

만약 긴 휴가 중이었다면, 오늘이 평일이라도 큰 감흥

은 없을 것이다. 어제도 내일도 쉬는 날이기 때문에 오늘 하루가 특별하지 않다. 하지만 하루짜리 여행에선 오늘이 평일임을 정확히 인지할 수 있다. 어제 출근했었고, 내일 출근해야 하니 말이다. 그 덕에 단 하루뿐이지만, 오늘은 금기를 깨고 이방인으로 변신할 수 있다.

조금 뒤 함께 주문한 야키카레도 나왔다. 오븐 속에서 한껏 달궈진 카레는 수분이 날아가 가장자리부터 쪼그라들어 자작거렸다. 중심부에는 함박스테이크처럼 봉긋하게 밥이 올라가 있고, 그 위를 치즈로 한 겹 싼 다음 반숙된 달걀로 마무리하였다. 밥 모양이 언뜻 고깃덩어리 같기도 하여 숟가락으로 찔러봤으나, 고기는커녕 보통 카레에서 흔히 볼 수 있는 감자도 없었다. 하지만 치즈와 카레, 달걀만으로도 야키카레는 완성된 맛을 내었다. 이미 뜨거운 오븐 속에서 맛과 색이 모두 변했기 때문이다. 마치 내가 비행기만 타면 이방인으로 변신하는 것처럼, 그래서 어제의 직장인 모습을 찾을 수 없는 것처럼 말이다.

모지코맥주공방은 성공적인 선택이었다. 맥주와 야키카레는 찰떡궁합이었고, 시원한 모지코의 풍경 또한 금상첨화였다. 평일의 회사 사무실 풍경이 아닌 낯선 곳에서 만난 낯선 풍경은 이 순간을 더 풍성하게 만들었다. 창 너머 블루윙은 곧 연결되었고, 손을 꼭 잡은 젊은 연인들이 하나둘 다리를 건넜다. 오후의 따사로운 햇살이 그들의 사랑스러운 모습을 더 포근하게 비추는 것만 같았다.

모지코 맥주공방[門司港地ビール工房]
운영 시간 오전 11:00 - 오후 10:00
전화 번호 +81 93-321-6885
주소 〒801-0853 福岡縣北九州市門司區東港町 6 - 9 宗文堂ビル
웹사이트 http://mojibeer.ntf.ne.jp/
가격 야키카레(샐러드 포함) ¥1,120, 맥주(320㎖) ¥480

5분 만에 만난 새로운 동네

모지코에서는 5분이면 일본 본섬인 혼슈(本州)로 넘어갈 수 있다고 한다. 규슈와 혼슈를 가로지르는 간몬해협만 통과하면 된다. 혼슈엔 시모노세키라는 도시가 자리하고 있다. 지금이야 간몬터널이 있으니 걸어서도 지나갈 수 있지만, 오늘은 가장 오래된 방법이자 가장 빠른 방법을 이용하려 한다. 바로 시민의 발이라고 불렸던 '간몬 연락선(關門連絡船)' 이다. 현재는 20분마다 두 도시를 오가지만 예전엔 훨씬 더 자주, 더 많은 사람을 실어 날랐을 당시 유일한 교통수단을 지금 만나러 간다.

자전거를 돌려 한때 상당히 번창했을 선착장으로 향했다. 새로운 동네를 간다는 생각 때문인지 자전거 페달이 훨씬 가볍게 구른다. 단숨에 도착한 페리 터미널은 예상과는 달리 사뭇 썰렁했다. 그곳엔 매표소 직원 한 명과 표를 검사하는 직원 한 명이 전부였다. 평일 낮이라 관광객이 별로 없겠거니 하고 대기실을 빠져나와 페리를 타러 내려갔다. 마침 시모노세키에서 출발한 페리가 들어오고 있었다.

역시 기다리는 줄이 없었다. 동승자는 현지인으로 보이는 아주머니뿐이어서 나는 그녀 뒤에 서서 두 번째이자 마지막으로 페리에 탑승했다. 배는 무척 아담했다. 대략 30명 정도 탑승이 가능한 듯한 규모에 선실은 1층과 2층으로 나뉘어 있었다. 1층은 창문과 좌석이 있는 실내 공간이고, 2층은 바닷바람을 그대로 맞을 수 있는 바깥 공간이다. 나는 규슈에서 혼슈로 가는 뱃길을 보기 위해 2층으로 올라갔다. 배는 우렁찬 엔진 소리와 함께 정시에 출발했다.

5분은 생각보다 더디 흘렀다. 매 순간 눈앞의 풍경이,

일렁이는 파도 결이, 부딪히는 바람이 바뀌고 있었다. 나는 개인 요트를 전세 낸 듯 선글라스를 낀 채 한껏 럭셔리한 자세를 취했다. 길게 몸을 기대고, 느긋하게 다리를 꼬고, 턱을 살짝 괸 채 작은 통통배에 몸을 맡겼다. 2층에 아무도 없으니 신선놀음이 따로 없다. 멀어지는 규슈와 가까워지는 혼슈를 번갈아 돌아보니 뭐랄까 낮과 밤 사이처럼 시공간의 경계에 있는 듯했다.

나는 어릴 때부터 경계를 넘는 것을 좋아했다. 길 하나만 건너면 다른 동네고, 또 한 번 길을 건너면 새로운 동네를 만나는 게 재밌었다. 처음 만난 동네에 들어서면 마치 블루마블 게임에서 새로운 도시를 만났을 때처럼 기뻤다. 이제 이곳의 땅을 살 수 있고, 앞으로 빌딩이나

호텔을 지을 수 있을 것만 같았다. 내가 아는 동네가 늘어 날수록 내 안의 블루마블 지도가 넓어졌다. 게임에서 땅을 사듯 나는 점점 많은 동네를 가질 수 있게 되었다.

어릴 적 부모님을 따라 여행을 다닐 때면 자동차 뒷좌석에서 나만의 여행을 꾸몄다. 고속도로나 국도를 가다 보면 "반갑습니다. ○○시 입니다."라는 푯말을 보게 되는데, 나는 이 안내 문구가 정말 좋았다. 새로운 지역으로 넘어온 확실한 증거였다. 나는 블루마블 하듯 그곳을 내 세계에 차곡차곡 쌓아두었다. 처음 본 동네에 남다른 애정을 두고 내 것으로 만드는 것이다. 여행을 좋아하셨던 부모님 덕에 나는 자기만의 여행을 누리고 즐길 줄 아는 사람으로 성장할 수 있었다.

물론 이것은 편의상 나눠진 단순한 경계에 불과할지 모른다. 연속적인 세계를 불연속적으로 끊어서 표현하는 '언어의 분절성'과 비슷한 것이다. 정확하게 구분이 어려운 이마와 뺨 그리고 턱을 나누거나, '송구영신'이라고 하여 묵은해가 가고 새해가 온다는 생각처럼 말이다. 하지만 경계를 두지 않은 모호한 세계를 우리가 과연 견딜 수 있을까. 1년이라는 기준으로 끊어두지 않았다면, 새로움도 지나감도 없는 우리네 인생은 끔찍해질지 모른

다. 물론 동네를 구분하지 않았다면 행정 관리도 엉망이
되었을 것이다. 마찬가지로 이러한 끊어짐이 없었다면
내 세계는 더이상 넓어지지 못했을 것 같다. 계속 모호함
속에서 살아가게 될 테니 말이다. 사회적 경계로 인해 개
인의 세계가 더 선명해질 수 있다.

곧 시모노세키에 도착한다는 방송이 흘러나왔다. 페
리에서 내려 새로운 도시를 밟으니 내 안의 여행 지도가
또 조금 확장되는 기분이다. 어딘가 '여기서부터 시모노
세키입니다.' 라는 안내문도 있을 것 같다. 처음 오게 된
동네지만 여기서 무얼 해야겠다는 계획은 딱히 없었다.
페리에 오르기 전 잠깐 검색했을 때는 가라토 수산 시장
이 유명한 듯했지만, 이미 점심을 먹었기 때문에 크게 흥
미가 없었다. 나는 그저 터미널 앞의 작은 쇼핑몰 건물을

기웃거리다 한 가게로 들어가 녹차 아이스크림을 샀다.

바다를 끼고 좀 더 걸어가니 수산 시장을 알리는 커다란 복어 모형상이 나왔다. 그 앞엔 나이 지긋한 할아버지가 따스한 볕을 쬐며 신문을 읽고 계셨고, 그 옆엔 눈을 지그시 감은 고양이들이 뜨끈한 식빵을 굽고 있었다. 나도 그들 사이쯤 자리를 잡고 앉아 조용히 아이스크림을 먹었다. 때마침 쇼핑몰에서 흘러나온 엔카는 우리 사이를 나른하게 휘감았다. 할아버지에겐 추억을 떠올리는 노래로, 고양이에겐 잔잔한 자장가로, 나에겐 생소한 일본 트로트로…. 우리는 조금 촌스럽지만 기분 좋은 음률을, 그리고 순간을 함께했다. 공통점 하나 없던 할아버지와 고양이는 어느새 오래된 친구처럼 친근해졌다.

아이스크림을 다 먹은 뒤 다시 주변을 둘러봤다. 문득 더 멀리 가보고 싶다는 생각이 들었지만, 자전거가 없으니 나는 하릴없이 터미널로 총총 돌아갔다.

간몬연락선[關門連絡船]
운영 시간 06:00(시모노세키 출발) - 21:50(모지코 출발)
주소 ☏801-0841 福岡縣北九州市門司區西海岸 1丁目 4 - 1
웹사이트 http://www.kanmon-kisen.co.jp
운임 편도 ￥400

소도시 공항의 색다른 매력

앞서 얘기했 듯이 내가 있는 회사는 1년에 한 번꼴로 눈코 뜰 새 없이 바쁘다. 이때는 직원만으로는 인력이 부족해 임시 직원을 고용하는데 보통 20대의 취업 준비생들이 지원한다. 경민이는 이번 행사 때 내 옆자리에서 일했던 여직원이었다. 경민이는 처음부터 호감이 갔다. 밝고 싹싹하며 일처리도 꼼꼼했다. 가끔 짬이 날 때면 이런 저런 이야기를 나눴는데, 취미나 취향이 비슷해 8살이라는 나이 차이에도 불구하고 말이 곧잘 통했다.

행사가 끝나고 경민이의 계약 기간도 끝이 났다. 마지막 급여 업무를 처리하며 작별 인사 차 물어봤다.

"경민아, 이번 알바 끝나면 뭐 할거야?"

"일단 친구랑 일본 여행 다녀오고, 모은 돈은 취업 준비 때 쓰려고요."

"일본 여행은 언제 가? 어디로?"

"기타큐슈라고 했던 것 같은데, 한 2주 뒤에 갈 것 같아요."

"기타큐슈? 거기가 어디야?"

"저도 잘 모르겠어요. 친구가 다 결정한 거라. 저도 이제 한 번 알아보려고요."

'기타큐슈'라는 지명이 왠지 익숙한 느낌이었다. 이 단어가 경민이와의 대화에서 나왔다고 생각하기까진 시간이 좀 걸렸다.

"경민아, 너 이번 주에 여행 간다는 곳이 어디라고 했지?"

"기타큐슈요. 목요일에 떠나요!"

"기타큐슈 맞구나! 나도 방금 목요일 기타큐슈 항공권 결제했어!"

"그럼 저희 여행 같이 가는 거네요?"

"그럼 목요일 아침에 공항에서 보면 되겠다."

"근데 전 목요일 오후 비행기에요!"

"그래? 우리 같은 비행기가 아니었네."

"그러게요, 너무 아쉬워요. 같이 갔으면 좋을 텐데"

"어쩔 수 없지. 즐거운 여행하고 다녀와서 또 보자."

그렇게 별 소득 없는 에피소드로 끝날 줄 알았다.

일본 소도시의 작은 국제공항들은 하루에 고작 두세 편의 비행기가 뜨고 내릴 정도로 항공 스케줄이 단출하다. 여러 게이트가 필요 없으므로 국제선 청사는 하나의 출발 게이트와 하나의 도착 게이트로만 된 곳이 많다. 사실 이 두 곳도 투명한 유리 벽으로 구분되어 있을 뿐 같은 공간이다. 공항에 도착하여 입국 심사를 받으러 가다 보면 맞은편 공간에 내가 타고 온 비행기로 귀국하려는 사람들을 본 적이 있을 것이다. 비행기가 착륙하면 빠르게 다음 운항 일정을 준비해야 하니 승객들을 효율적으로 이동 또는 대기 시키기 위해서다.

목요일 오전, 무사히 두 번째 당일 여행이 시작되었다. 기타큐슈 공항에 도착해 입국 심사를 하러 가는데, 역시나 유리벽으로 구분된 반대편이 출국 대기실이었다. 문득 어쩌면 오후에 입국하는 경민이를 볼 수 있을지도 모른다는 생각이 들었다. 모지코 여행을 끝내고 기타큐슈 공항으로 돌아가는 길에 경민이에게 연락했다.

"인천공항 도착했지? 나 지금 여행 끝내고 공항 가는 길인데 네가 타고 오는 비행기로 내가 서울 돌아가는 거라서 우리 왠지 공항에서 만날 수 있을 것 같아."

"입국하는 사람과 출국하는 사람이 만날 수 있는 거예요?"

"여기 공항이 아주 작아서 가능할 것 같아. 오전에 입국하면서 확인했는데 유리 벽으로 구분되어 있긴 한데 그래도 만날 수는 있을 것 같아. 착륙하면 연락해!"

갑자기 설렌다. 별거 아닌 일인데도 지루할 뻔했던 대기 시간이 기다려졌다. 회사가 아닌 곳에서 경민이를 따로 보는 건 처음이라 약간 흥분되었다.

"저 도착했어요! 비행기에서 내릴 준비하고 있어요!"

"이제 한두 명씩 나오고 있어. 내가 유리 벽에 붙어 있을 테니 잘 찾아봐!"

그렇게 우리는 만났다. 경민이 주변의 입국하는 사람들과 내 주변의 출국을 기다리는 사람들이 의아하게 쳐다봤지만, 우리는 이 상황이 너무 웃겨 깔깔댈 수밖에 없었다. 유리 벽 때문에 서로의 목소리는 들리지 않았지만 우리는 손짓, 발짓으로 서로의 안부를 물었다. 눈빛만 봐도 서로가 어떤 말을 하는지 알 수 있었다. 분명 이 상황이 너무 웃기다는 내용일 테지. 덕분에 오랫동안 웃긴 장면으로 기억될 공항 에피소드가 생겼다.

기타큐슈 공항[北九州空港]
주소 ⑺800-0306 福岡縣北九州市小倉南區空港北町6
웹사이트 http://www.kitakyu-air.jp

한눈에 보는 당일치기 기타큐슈

▲항공권 : 진에어
인천 → 기타큐슈 07:35-09:00
기타큐슈 → 인천 18:30-20:00

▲동선 및 일정
기타큐슈공항(09:35) → [공항버스 35분] → 고쿠라역(10:31) →
[JR 가고시마 본선 14분] → 모지코역(10:45) → [도보] → 모지코
레트로(11:00) → [도보] → 자전거 대여(11:30) → [자전거] → 모
지코맥주공방(12:00) → [자전거] → 카페(13:00) → [자전거] →
모지항(14:10) → [칸몬연락선 5분] → 시모노세키항(14:15) →
[도보] → 카페(14:20) → [도보] → 시모노세키항(15:00) → [칸몬
연락선5분] → 모지항(15:05) → [자전거] → 자전거 반납(15:30)
→ [도보] → 모지코역(15:52) → [JR 가고시마 본선 13분] → 고

쿠라역(16:20) → [공항버스 35분] → 기타큐슈공항(17:05)

▲예산
항공권 : 9만 원 정도 / 저가항공(인천⇔기타큐슈 왕복)
교통비 : ¥3,260
      기타큐슈공항 ⇔ 고쿠라역 / 공항버스(¥700×2)
      모지코항 ⇔ 시모노세키항 / 간몬연락선(¥400×2)
      고쿠라역 ⇔ 모지코역 / JR 가고시마 본선(¥280×2)
      여행지 내 이동 / 전동자전거 대여 (¥500)
식비 : ¥3,650
      점심 : 모지코 맥주공방(야키카레 ¥1,120, 맥주 ¥480)
      카페 : Bion(타르트-커피 세트 ¥1050)
      카페 : bambini(녹차 아이스크림 ¥500)
      기타 : 생수 등 간식 ¥500
TOTAL : 16만 원 정도

04 당일치기 다케오
[공간이 주는 마음]

책 한 권이 나를 이곳으로

이번 여행은 《지적자본론》이라는 한 권의 책에서 비롯되었다. 서문의 한 문장이 처음부터 신경 쓰였다. "아직 다케오시립도서관을 방문해보지 않았다면 반드시 한번 방문해보기를 권한다. 시민들의 생생한 증언을 분명하게 들어볼 수 있을 테니까."

자기가 만든 곳을 이렇게나 자신 있게 권할 수 있을까. '반드시'라고 강조하고, '증언'이라는 확신까지 여러 번 거듭해 강조하고 있다. 얼마나 자신 있기에 그러는

걸까. 초반에는 약간의 의심을 할 수밖에 없었다. 혹시 일종의 '성공 자서전'을 읽게 되는 건 아닐지, 약간의 과장과 허세가 있지는 않은지, 그래서 결국 '자기 자랑'으로 끝나버리는 것은 아닌지 그런 의심들이었다. 물론 전공서적 같은 무거운 책 제목도 한몫했다.

책의 내용은 '츠타야' 서점을 기획하여 성공시킨 마스다 무네아키의 경영 철학에 관한 것이다. '츠타야'는 사실 서점으로만 불리기엔 무리가 있다. 단순히 서적을 '판매'하는 곳이 아니라 서적 안에 표현된 '라이프 스타일'을 '제안'하고, 제안과 관련된 '제품'들도 함께 추천하는 편집숍이자 복합 문화 공간이기 때문이다. 이곳은 일반 서점과 다르게 책을 '장르'에 따라 종적으로 분류하지 않고, 제안 '내용'에 따라 횡적으로 분류하는 방식을 택했다. 따라서 고객들은 소설, 에세이, 역사 등 장르와 관계없이 즐기고자 하는 라이프 스타일(관심사)에 따라 다양한 책과 제품들을 한 곳에서 만날 수 있다. 1983년부터 시작된 '츠타야'의 파격적인 시도는 서점의 새로운 트렌드를 만들었고, 현재 1,400여 개의 매장이 있는 일본 대표 서점으로 성장했다.

'츠타야'를 성공시킨 그의 행보는 '지역 도서관'으로

이어졌다. 저자가 경영하는 CCC(컬쳐 컨비니언스 클럽)에서 '다케오시립도서관' 운영을 맡게 된 것이다. 다케오시는 사가현 서부에 있는 인구가 약 5만 명인 작은 도시인데, 이전에 도서관을 이용했던 시민은 그중 20%에 불과했다고 한다. 그는 이곳의 세 가지를 크게 바꿨다. 첫째로 20만 권의 장서를 대부분 개가식일반인도 자유롭게 책을 꺼내 볼 수 있도록 공개 서가에 책을 보관하는 방식으로 개방하였고, 둘째로 기존의 십진분류법0은 총류, 1은 철학, 2는 역사 등의 열 개의 기초류를 나누고 그 아래에 열 개의 강(綱)과 목(目)을 두어 모든 것을 아라비아 숫자로 표기하는 도서 분류법이 아닌 실생활과 밀접한 카테고리를 기준으로 22개 종으로 분류하였으며, 셋째로 운영을 연중무휴로 하고 운영 시간을 오전 9시부터 오후 9시까지로 늘렸다. 1년여 간의 단장 끝에 저자의 철학이 담긴 새로운 도서관이 탄생했고, 개관 13개월 만에 방문객 100만 명을 돌파했다. 그중 40만 명은 타지에서 올 정도라 하니 어느새 도서관이 다케오시의 관광 명소가 된 셈이다.

저자는 물리적인 장소에 사람을 모으려면, 인터넷상에서는 존재하지 않는 어떤 것을 의식적으로 도입해야 한다고 말한다. 그것은 바람이나 빛, 그리고 그것들이 만

들어내는 '편안함'이다. 그래서 그는 기존의 '츠타야' 서점처럼 이곳 도서관에도 '스타벅스'를 들였다. 시민들이 도서관을 여유롭게 쉴 수 있는 곳, 차를 마시며 독서를 즐길 수 있는 공간으로 느끼게 하기 위해서다.

그는 소비 사회의 변화를 3단계로 나누어 설명했다. '퍼스트 스테이지'는 물건이 부족하여 상품 자체가 가치를 갖는 시기고, '세컨드 스테이지'는 물건도 중요하지만 구매하는 장소(플랫폼)가 선택의 기준이 되는 시기이며, '서드 스테이지'는 물건도 플랫폼도 넘쳐나기 때문에 삶의 가치를 높여주는 '제안 능력'이 필요한 시기라고 했다. '서드 스테이지'의 라이프 스타일 제안 능력은 다름아닌 '지적 자본'에서 나온다고 했다. 그 전 시기에는 충분한 상품과 플랫폼을 만들기 위한 '자본'이 중요했다면, 새로운 시대에는 제안을 창출해낼 수 있는 '지적 자본'이 핵심 가치라고 강조하였다.

책읽기 초반, 작가의 강한 어조에서 느꼈던 의심은 점차 이해를 넘어 신뢰로 변했다. 그의 경영 철학인 '고객 가치'와 '라이프 스타일 제안'에서 진정성과 확신을 느꼈고, 서점이나 도서관이 어떻게 인터넷 시장에서 살아남을 수 있는지에 대한 철저한 고민과 통찰력 또한 엿볼 수 있었다. 그래서 책을 덮은 후 떠오른 생각은 분명해졌다.

'내가 직접 가서 봐야겠다.'

책에 담긴 저자의 생각을 문자 그대로 이해하는 건 어렵지 않았으나, 그가 말한 빛이나 바람과 같은 무형의 '편안함' 까지 상상하긴 어려웠다. 공간 속에 묻어나는 '편안함' 을 직접 느끼고 싶었고, 그가 설계한 도서관의 혁신도 직접 만나고 싶었다.

다케오 여행은 이번이 처음이지만, 이곳을 알게 된 건 작년이었다. 온천 여행을 준비하면서 다케오시가 속한 사가현의 온천 마을들을 살펴봤었다. 결국엔 옆 마을인 우레시노로 목적지를 정하였지만, 사가공항에서 우레시노로 가는 버스가 모두 다케오를 거치는 바람에 잠깐이었지만 이곳을 지나갈 수 있었다.

작년에 찾아본 도서관은 다케오의 여러 볼거리 중 하나였을 뿐 크게 흥미를 끌지 못했다. 하지만 책을 읽고 난후 이곳은 전혀 다른 의미로 다가왔다. 친한 동생은 이 책을 보니 내가 생각났다고 한다. 어쩌면 그녀의 책 선물은 '제안' 이었을지 모른다. 바로 책이 품고 있는 새로운 '라이프' 를 제안한 것이다. 그 작은 제안 덕분에 나는 다케오 여행을 계획할 수 있었다. 그리고 나는 지금 이 글을 쓰며 누군가에게 '당일치기로 가는 다케오 여행'이라는 새로운 '라이프 스타일'을 제안하고 있다.

하루짜리 봄 소풍

다케오 여행의 시작은 '다케오온센역'이다. 사가공항에서 역까지는 항공 스케줄에 맞춘 셔틀 버스가 있어 저렴한 비용으로 이동할 수 있다. 그러나 이 버스를 이용하려면 출발 4일 전까지 예약해야 하는데 나처럼 급하게 항공권을 결제한 사람에게는 유용하지 못했다. 달리 선택지가 없어 '리무진 택시'를 알아보았다. 버스보다 비싼 가격 때문에 부담스럽기도 하고, 모르는 사람과 한 시간 동안 같이 가는 것도 어색할 것 같아 고민했지만 어쩔 수 없었다.

버스는 저렴한 대신 예약된 승객을 모두 확인해야 해서 출발이 늦은 편이다. 실제로 작년 우레시노 여행 때도 같은 버스를 이용했는데 거의 한 시간을 버스 안에서 기다렸다. 나는 짐이 없어 일찍 나왔지만, 수화물을 찾고 나온 사람들이 많았기 때문이다. 그러나 택시는 네 명까지 예약이 가능하니 네 명만 도착하면 바로 출발하므로 버리는 시간이 적을 것 같았다.

이번에도 배낭만 메고 온 나는 빠르게 입국 절차를 끝내고 나왔다. 출구 앞에는 손님 이름이 적힌 플래카드들이 여럿 보였고, 내 이름도 금방 찾을 수 있었다. 하얀 도화지에 내 영문 이름만 있었기 때문이었다. 택시 기사님과 가볍게 인사를 나누고 함께 택시로 향했다. 바로 택시로 향하길래 살짝 짐작은 했지만, 혹시나 몰라 한 번 더 물었다.

"히토리데스카(혼자입니까)?" 내가 조심스럽게 묻자,

"하이(네)!" 기사 아저씨가 경쾌하게 대답했다.

나는 얼른 고개를 끄덕이며 살짝 미소를 지었지만, 속으로는 '아싸!'를 크게 외치고 있었다. 빠르게 출발하니 버리는 시간도 없고, 혼자라서 조용히 갈 수 있으니 이렇게 좋을 수가! 나는 사모님이라도 된 기분으로 널찍한 뒷자리에 편히 기대었다. 택시는 공항을 빠져나와 곧 시골길을 내달렸다. 호젓한 시골 풍경이 이어졌고, 덕분에 고적하게 이 순간을 음미했다. 논과 밭은 덧댄 조각보처럼 옹기종기 터를 잡은 듯했고, 흙더미 위로 피어오른 봄의 아지랑이는 하늘하늘 길 위를 어지럽혔다. 차창 밖은 완

연한 봄으로 물들고 있었다.

가끔 택시 안의 공기가 어색해질 땐 아는 단어를 조합해 말을 만들어보기도 했다. "사가는 이번이 두 번째다." "작년엔 우레시노 온천을 갔었는데 너무나 좋았다." 나는 혼잣말 같은 짧은 질문을 던졌고, 기사님은 상대역이 없는 배우처럼 긴 이야기를 쏟아내었다. 두 사람의 독백은 과연 누가 듣고 있을지 모르겠지만, 말을 계속할수록 택시 안의 공기가 탁해지는 건 분명했다. 나는 얼른 창문을 내렸다. 열린 창문 사이로 봄 기운 가득한 연분홍빛 바람이 들어왔다. 저 멀리서 날아온 벚꽃잎이었다.

다케오로 떠나기 전날, 서울에도 막 벚꽃이 기지개를 켜기 시작했다. 며칠 전까진 분명 야무진 손을 움켜쥔 꽃망울이었는데 어느새 가지마다 촘촘히 꽃잎이 영글었다. 서울의 봄과 바다 건너 다케오의 봄이 벚꽃으로 이어져 있다고 생각하니 어쩐지 내 마음도 분홍으로 뒤덮인다. 규슈 지방은 4월 초까지 벚꽃 놀이를 한다고 하니 잘만 하면 다케오에서도 꽃놀이를 즐길 수 있을 것 같았다. 혹시 몰라 벚꽃 놀이 명소 몇 곳을 미리 지도에 표시해두었다.

택시는 50여 분을 달려 다케오온센역 앞에 무사히 도착했다. 역 안으로 들어가 자전거 대여점을 찾아보았다.

역사 안의 작은 대여점에는 대여섯 대의 전동 자전거가 준비되어 있었다. 간단한 대여 절차가 끝난 뒤 직원은 지도를 보여주며, 자전거로 갈 만한 곳을 표시해주었다. 마침 지도엔 벚꽃 명소라고 소개된 곳들이 있었는데 나는 이때다 싶어 그중 하나를 손가락으로 가리키며 물었다.

"사쿠라가 다이죠부데스카?" (직역하면 '벚꽃이 괜찮습니까?' 지만 내가 원했던 질문은 '벚꽃이 만개했나요? '아직 볼 만할까요?' 였다.)

직원은 내 말이 끝나기 무섭게 선홍빛 잇몸을 '만개'했다. 이는 분명 벚꽃이 아직 '만개'하다는 의미일 터. 그녀의 생소한 문자를 완벽하게 이해하진 못했지만, 표정에 걸려 있는 의도는 순수하게 해독했다. (물론 가장 중요한 '다이죠부데스'라는 말도 들었다.) 더 궁금한 게 많았으나 뒤에 기다리고 있는 사람이 있고, 소기의 목적도 달성했으니 곧 일어나야 했다. (사실 더 자세히 물어볼 재간도 없었다.)

벚꽃 놀이를 하다보면 금방 점심시간일 테니 먹을 거리도 사야 했다. 다케오온센역에는 작은 역의 규모에 비해 유명한 명물 도시락(에키벤, 驛弁)이 있다고 한다. 규슈 에키벤 그랑프리에서 3연패를 차지한 사가규로 만든 도시락이 바로 그 주인공이다. 규슈지방에서 가장 맛있는 도시락이라고 하니 제일 맛있는 비싼(?) 도시락으로 골랐다. 따끈한 도시락을 받으니 문득 하루짜리 소풍이라도 온 것처럼 설렌다. 흐드러진 벚꽃 사이에서 보낼 '봄날의 점심시간' 이 기다려진다.

사가공항 리무진 택시
웹사이트 https://sagaap-limousinetaxi.com(전날 16시까지 예약 가능)
운임 1인 ¥2,000

다케오온센역 자전거대여점[武雄溫泉驛]
운영 시간 09:00 - 17:00
주소 843-0024 佐賀縣武雄市武雄町
전화 번호 +81 954-23-2009
대여료 1일 ¥500

나의 첫 벚꽃 놀이

첫 번째 벚꽃 놀이 장소는 '엔노지(円応寺)' 라는 작은 사찰이다. 절의 경내로 들어가는 양 길목에 100여 개의 벚나무가 있어 만개했을 땐 마치 '벚꽃 터널' 처럼 보인다고 한다. 역에서도 가까운 곳이라 하니 가벼운 마음으로 자전거에 몸을 실었다. 상점들이 모여 있는 곳을 벗어나자 시골 마을답게 곧 한적한 길이 이어졌는데, 이상하게도 엔노지에 도착할 때까지 한 사람도 마주치지 않았다.

'아뿔싸. 이건 벚꽃 터널이 아니잖아.'

이곳은 앙상한 벚나무 가지들만 서로 어지럽게 얽혀 있는 '가지 터널'이었다. 어쩐지 오는 길에 아무도 없더라니. 가지 터널 안에 있는 사람도 나뿐이었다. 꽃잎이 다 떨어진 벚나무 밑에서 쓸쓸하게 도시락을 먹을 순 없었다. 주저 말고 다른 벚꽃을 보러 가리라. 구글맵을 켜서 미리 표시해 온 벚꽃 명소 위치를 확인했다. 그나마 가장 가까운 곳은 여기서 7㎞ 떨어진 곳이었다. 조금 먼 듯했지만, 전동 자전거가 있으니 괜찮을 거라며 다시 페달을 밟았다.

두 번째 벚꽃 놀이 장소는 '바바노 야마자쿠라(馬場の山櫻)'로 수령 120년의 큰 벚나무가 유명한 곳이다. 이 나무는 현재 다케오시 천연기념물로 지정되었고, 규슈 지방 '한 그루 벚나무 베스트 10'에서 1위로 선정될 정도로 아름답다고 한다. 무엇보다 벚나무가 있는 지역은 다른 곳에 비해 벚꽃 개화가 조금 늦다고 하는데, 바로 이 설명 때문에 먼 길이지만 굳이 강행하였다.

가는 길은 시골길답지 않게 매끈했고 또 쾌적했다. 차

도 옆에 한 차선만 한 자전거 전용 도로가 큼지막하게 있을 정도였으니 말이다. 완만한 오르막길이 계속 이어졌지만, 전동 자전거는 평지를 달리는 것처럼 쌩쌩 잘도 달렸다. 10분쯤 지났을까 저 멀리 새까만 터널이 보였다. 터널과 가까워질수록 자전거 도로가 조금씩 좁아지는 듯싶더니 터널 앞에 다다랐을 땐 결국 보행자만 다닐 수 있는 길로 바뀌었다.

대학생 때 자전거로 국토 대장정을 한 적이 있다. 남녀 대학생 100여 명이 한 달간 2,000km를 달리는 코스였는데, 전국 일주를 하다 보니 산을 넘거나 차만 다니는 터널도 지나야 하는 경우가 많았다. 짧은 구간의 터널뿐 아니라 계룡1터널(2.6km), 미시령터널(3.6km)처럼 긴 터

널도 자전거로 통과해야 했다. 이렇게 어렵고 무서운(?)
터널도 통과해봤기 때문에 사실 처음 터널을 만났을 때
도 '뭐 이 정도 시골 터널쯤이야'라고 생각했다.

호기롭게 터널로 진입했지만 안타깝게도 이곳이 첫
번째 고비였다. 터널 안은 전등이 거의 없어 예상했던 것
보다 훨씬 깜깜했다. 이따금 맞은편에 차가 오면 강한 불
빛 때문에 눈앞이 아득해졌다. 그리고 그 차가 터널을 빠
져나갈 때까지 엔진 소리가 귓속을 쾅쾅 울려댔다. 퀴퀴
한 냄새와 매연이 뒤섞여 코를 마비시켰고, 터널 안은 온
도도 부쩍 떨어져 으슬으슬하기까지 했다. 자신만만하게
들어왔던 나는 금세 주눅들었고, 빨리 이 구간이 끝나기
만을 바라며 꾸역꾸역 페달을 밟았다.

길고 시끄러운 어둠을 빠져나오자 풍경이 사뭇 달라
졌다. 평탄한 논과 밭이 펼쳐지고 터널에 대한 보상이라
도 하듯 곧고 긴 내리막길이 시원하게 이어졌다. 잠깐 사
라졌던 햇살이 다시 고개를 내밀고, 풀 냄새 짙은 시골
내음이 진동하더니, 주변은 다시 고요해졌다. 나는 자연
스레 페달에서 발을 뗀 뒤 다리에 힘을 풀고 잔잔한 속도
감을 즐겼다. 배터리도 잠시 꺼둬 함께 고생한 자전거에
게도 휴식을 줬다.

달콤함도 잠시, 터널보다 더 큰 문제가 나타났다. 내리막길이 끝나갈 때쯤 갑자기 자전거 도로가 없어진 것이다. 직감적으로 알았다. 이것이 두 번째 고비라는 것을. 자전거 도로가 사라지고 심지어 보행자가 다닐 수 있는 길조차 없어지자 나는 일단 속도를 늦췄다. 일본은 좌측 운행이니 나도 왼쪽에 바짝 붙었다. 흰색 실선 위로 외줄타기를 하듯 가다 보면 차들도 어느 정도 간격을 두고 피해갔다. 하지만 두 차선 동시에 차가 오면 나는 아예 논두렁으로 들어가 잠시 자리를 피해줘야 했다.

앞으로 850m만 더 가면 목적지였다. 지도를 따라 새로운 길로 진입했는데 도로 상태를 보니 약간 불안하다. 시작부터 경사가 심한 오르막길이었다. 예상 대로 경사는 점점 급해졌고, 도로는 더욱 좁아졌다. 이 길은 결국 누가 봐도 인정할 수밖에 없는 구절양장의 산길로 변해버렸다. 엄청난 경사와 험한 굴곡 때문에 전동자전거도 제 힘을 쓰지 못했고, 나는 덜컥 마음이 급해졌다. 이제는 전기보다 허벅지 힘으로 올라가야 했기 때문이다.

그때였다. 온갖 불안한 잡생각에 빠져 있는 사이 자전거 앞바퀴가 배수로 쪽으로 삐끗했고, 순간 균형이 깨지면서 그대로 앞으로 꼬꾸라졌다. 정말 말 그대로 '우당탕

탕'이었다. 차를 피한다고 최대한 한쪽에 붙어 가던 것이 문제였다. 배수로가 아주 깊지는 않아서 다친 곳은 없었고, 자전거도 멀쩡했지만 놀란 가슴이 쉽게 진정되진 않았다. 나무에서 떨어진 원숭이 꼴이었다. 이때가 마지막 고비였다. 벚꽃 놀이에 대한 기대와 이곳을 선택한 후회가 굽어지는 산길처럼 굽이치고 있었다.

얼마나 더 올라갔을까. 벚나무가 그려진 분홍색 푯말이 보이기 시작했다. 가까이 가니 도로 양쪽엔 주차된 차들도 꽤 있었고, 사람들도 제법 보였다. 드디어 제대로 왔구나! 신난 마음으로 자전거를 세우고 도시락과 물을 챙겼다. 고생한 나를 다독이며 설레는 발걸음으로 벚나무 쪽으로 걸어갔다.

"아아아… 벚꽃이 없다!"

이럴 수가. 여기도 벚꽃이 다 진 것이 아닌가. 눈을 씻고 봐도 상상했던 벚꽃은 없었다. 분명히 이 지역은 더 늦게 핀다고 했는데, 아까 엔노지와 별반 다르지 않았다. 여러 고비를 넘기며 먼 길을 올라왔는데 모든 게 수포가 된 기분이었다. 그렇게 나는 배수로에 빠졌을 때보다 훨씬 더 주눅든 원숭이가 되었다.

자리에 주저앉아 실망감을 달래려던 찰나, 노란 유채

꽃이 눈에 들어왔다. 유채꽃은 마치 벚꽃 대신 자신을 봐 달라는 듯 꽃 무리를 떨어뜨렸다. 사실 이곳은 벚나무가 주인공이긴 하지만, 주연 못지않은 조연이 숨어 있었다. 벚나무에 가렸지만, 벚나무 주변에 넓게 펼쳐진 유채꽃밭도 볼만했기 때문이다. 벚꽃이 진 자리에 새로운 노란빛 봄이 피어나고 있었다. 그제야 주변이 보였다. 하나에만 맹목적으로 매달리다보면 주위 풍경을 잃는다는 말을 실감하는 순간이다. 무엇인들 안 그럴까. 벚꽃만이 봄은 아닌걸.

일단 활짝 핀 유채꽃과 확 져버린 벚나무가 한 앵글에 담기는 곳에 자리를 잡았다. 나처럼 피크닉을 온 현지인들도 곳곳에서 도시락을 먹으며 꽃놀이 중이었다. 유채꽃과 함께 하는 봄날의 점심시간, 경건하게 목을 축이고 기대하던 도시락을 열었다. 사가규 갈비 한 점을 베어 물자 입안에 '오이시이(おいしい)'라는 육즙이 터져나왔다. 고기가 너무 맛있으니 세 번의 고비와 험하고 고독했던 그 길은 잠깐 잊고 지금의 풍경에 집중하기로 했다.

엔노지[円応寺]
주소 〒843-0024 佐賀縣武雄市武雄町大字富岡10513

바바노 야마자쿠라[馬場の山櫻]
주소 〒849-2342 佐賀縣武雄市武內町大字眞手野

공간의 중력

다케오시립도서관은 다케오온센역에서 그리 멀지 않은 곳에 있었다. 자전거로 5분 정도 달리니 시골 마을과는 어울리지 않는 자못 근사한 2층짜리 건물이 나타났다. 《지적자본론》을 읽고 도서관을 직접 가봐야겠다는 생각을 한 건 두 가지가 궁금했기 때문이다. 첫째는 획기적으로 변한 도서관의 구조고, 둘째는 온라인이 아닌 실제 공간이 주는 편안함이다.

저자는 도서관에 오는 모든 사람이 방대한 서적의 양에 압도당하길 바랐다. 그래서 도서관 벽면 전체를 책으로 가득 메웠는데, 그는 이를 '서적의 양이 직접, 방문객의 피부 감각에 호소'하는 것이라고 표현했다. 시각이 압도당하면 촉각이 마비되는 느낌을 말하는 것일까. 가끔 형용할 수 없는 아름다움을 마주할 때면 자기도 모르게 닭살이 돋곤 하는데, 그것은 충격과 감동 그 이상의 어떤 감정일 때가 많다.

"우와!"

저자가 예견한 대로 나를 비롯한 관광객들은 저마다 작은 탄성을 자아냈다. 감탄사는 소리 자체가 뜻을 품고 있어 언어가 달라도 그 의미를 쉽게 해석할 수 있다. 이는 막대한 서적을 직접 마주할 때 느껴지는 순수한 감동일 것이다.

'수십만 권의 책들이 나에게로 쏟아졌다.'

도서관 입구에서 처음 느꼈던 감동이다. 그야말로 책에 깔린 기분이었다. 2층의 겹겹이 쌓인 책장들은 점점 앞쪽으로 기울었고, 책장에 꽂힌 수십만 권의 책들이 우르르 쏟아져내렸다. 책은 성난 파도처럼 사람들을 삼켰고, 나는 겨우 빠져나와 책 한 권에 매달려 있는 꼴이었다. 순식간에 책과 함께 아수라장이 돼버린 아찔한 상상이었다.

비슷한 느낌을 몇 년 전 미얀마 여행에서 받은 적이 있다. 미얀마 바간 지역은 '불탑의 도시'로, 바간 왕조 때 만들어진 수천 개의 사원과 불탑들이 남아 있는 곳이다. 사방을 둘러봐도 온통 탑으로 둘러싸인 그야말로 불국토였다. 해 질 무렵 바간 지역의 탑을 360도로 조망할 수 있다는 높은 탑(쉐산도파고다)에 올랐다. 가파른 계단을 올라 탑 꼭대기에 다다르자 들판에 펼쳐진 수많은 탑이 모두 나에게로 달려들었다. 셀 수 없는 탑들이 동서남북에서 거칠게 달려와 나를 그대로 통과하는 것만 같았다. 웅

장한 무언가에 압도당하는 것과는 좀 달랐다. 탑의 크기는 작은 것부터 큰 것까지 천차만별이었기 때문에 결국 나는 규모가 아닌 수에 압도당한 것이었다.

다케오시립도서관도 비슷했다. 도서관이 까마득하게 크거나 넓지는 않지만, 책장 사이사이에 꽂혀 있는 작지만 수많은 책이 나를 압도했다. 미얀마 바간의 탑들이 나에게 달려들듯 도서관의 책들도 나에게 모두 쏟아진 것이다.

1층의 감동을 뒤로 한 채 2층으로 올라가 도서관이 내려다보이는 곳에 자리를 잡았다. 창문으로 들어오는 햇살로 도서관은 점점 노란빛으로 물들어갔다. 왼쪽엔 고등학생으로 보이는 학생들이 독서 중이었고, 오른쪽엔 한 할아버지께서 동영상을 보고 계셨다. 나는 그들 사이에 앉아 아래층의 사람들을 구경했다. 문득 '이곳이 정말 시골이 맞나?' 라는 생각이 들었다. 도서관에 들어오기 전에는 분명 조용한 시골 마을이었는데, 이곳은 마치 여러 부류의 사람들이 붐비는 유럽 어느 도시의 살롱 같았다. 교복을 입은 학생들과 젊은 남녀 관광객, 나이 지긋하신 분들은 모두 각자의 취향대로 책을 고르고 있었고, 곧 이들은 스타벅스에 모여 세련된 사교 모임을 할 것만 같았다.

어느 책에선가 공간을 즐긴다는 건 감각의 총체적 경험이라는 표현을 본 적이 있다. 일본어를 잘 모르는 나는 도서관의 수십만 권의 책 중 어느 한 권도 제대로 이해하지 못할 것이다. 하지만 텍스트 대신 이미지로도 책의 맥락을 짐작할 수 있는 것처럼, 도서관이라는 공간 또한 문자가 아닌 다른 감각을 동원해서 충분히 이해할 수 있지 않을까. 방대한 서적에 압도당한 시각과 아찔한 상상으로 마비된 촉각처럼 도서관에 흐르는 음악, 은은한 책 냄새, 달콤한 커피 한 잔, 책의 질감과 같은 다양한 느낌과 자극 모두 공간을 만끽하는 방법이 될 것이다. 이것이 바로 저자가 추구했던 '편안함'이지 않을까. 온라인에서는 느낄 수 없는 '마음'이 도서관 곳곳에 묻어났다.

공간의 힘은 대단했다. 구조를 조금만 바꿔도 책에 압도당하는 감흥을 일으키기도 하고, 처음 온 곳이지만 단골 가게 같은 편안함을 주기도 했다. 그것은 언어와 무관했다. 공간이 주는 순수한 힘을 느끼는 것만으로도 마음껏 이곳을 즐길 수 있기 때문이다. 어떤 책이라도 꺼내 읽고 싶은 마음이 생겼고, 그 속에 담긴 풍경이 궁금해졌다. 여전히 읽을 수 없는 책들 사이를 나는 자유로이 누볐다. 낯선 공간에서 느끼는 편안함, 낯선 언어에서 느끼는 순

수함, 이는 내가 매번 떠나고자 했던 이유기도 했으니까.

다케오시립도서관[武雄市圖書館]
운영 시간 09:00 - 21:00
주소 ☎843-0022 佐賀縣武雄市武雄町大字武雄5304-1
전화 번호 +81 954-20-0222
웹사이트 http://www.epochal.city.takeo.lg.jp

한눈에 보는 당일치기 다케오

▲항공권 : 티웨이 항공
인천 → 사가 07:50-09:00
후쿠오카 → 인천 21:00-22:25

▲동선 및 일정
사가공항(09:30) → [택시 50분] → 다케오온센역(10:30) → 자전거 대여 → 엔노지(11:00) → [자전거] → 바바노 야마자쿠라(11:40) → [도시락 점심식사] → [자전거] → 다케오온센(12:30) → [자전거] → 다케오시립도서관(12:50) → [자전거] → 다케오 신사(15:00) → [자전거] → 카페(16:00) → [자전거] → 자전거 반납(17:00) → 다케오온센역(17:28) → [JR 미도리 · 하우스텐보 67분] → 하카타역(18:35) → [도보] → 식당(18:45) → [지하철 20분] → 후쿠오카공항 국제선 터미널(20:00)

▲예산
항공권 : 15만 원 정도 / 저가항공(인천 → 사가, 후쿠오카 → 인천)

교통비 : ¥5,340
　　　　사가공항 → 다케오온센역 / 리무진 택시(¥2,000)
　　　　다케오온센역 → 하카타역 / JR 미도리 · 하우스텐보
　　　　자유석(¥2,580)
　　　　하카타역 → 후쿠오카공항역 / 지하철(¥260)
　　　　여행지 내 이동 / 전동자전거 대여(¥500)
식 비 : ¥5,154
　　　　점심 : 다케오온센역 벤또(¥1,944)
　　　　카페 : 菓子の實(케이크 ¥420)
　　　　카페 : 다케오도서관 내 카페(아이스크림 ¥500)
　　　　저녁 : 이소라기(오차즈케 ¥1,790)
　　　　기타 : 생수 등 간식 ¥500
TOTAL : 25만 원 정도

05 당일치기 교토
{버리고, 고르고, 또 얻는다}

한여름, 한나절의 뜨거운 휴식

또 시작됐다. 그놈의 무기력병.

올해 여름은 유난히 더웠다. 매일 최고 온도를 경신했고, 서울은 결국 40도 가까이 뜨거워졌다. 심지어 새벽 최저 기온이 30도를 넘는 초열대야 현상까지 나타났다. 평균 기온과 폭염 일수, 열대야 일수는 과거 최고 기록을 모조리 갈아엎었다. 한낮에 잠깐이라도 밖에 나가면 마치 에어컨 실외기 앞에 서 있는 느낌이었고, 밤에도 에어컨을 틀지 않고는 잠이 오지 않았다. 뜨겁다 못해 익어 버릴 것 같은 여름날이 이어졌다.

이렇게 더운 한여름에, 무기력이라는 불청객이 찾아왔다. 무기력은 다양한 이유로 또 예측할 수 없는 어느 순간에 찾아온다. 일 때문에, 사람 때문에, 날씨 때문에 혹은 큰 이유 없이 호르몬에 지배되어 오기도 한다. 그런데 이번엔 다른 무기력이었다. 사실 올여름부터 글을 쓰기 시작했는데 고작 한 달 만에 좌절을 맛보고 덜컥 의욕이 없어진 것이다. 글을 쓰게 된 이유는 단순했다. 누군가의 말 한마디가 나를 움직였다.

"무언가를 잘 안다고 생각하면 말이 아니라 글로 설명해보세요. 글로 설득할 수 있어야 진짜 잘 알고 있는 겁니다."

내가 즐기는 '당일 여행'을 알리고 싶었다. 지친 직장인들, 쉴 틈이 없는 사람들, 자신을 잊고 사는 누군가에게 낯선 여행을 이야기해주고 싶었다. 스스로 당일 여행에 대한 확신이 있었고, 이 여행만큼은 누구보다 잘 안다고 생각했다. 머릿속에 있는 것들을 글로 적어내면 그만이지, 하는 생각으로 호기롭게 글을 써내려갔다. 처음엔 단순히 글로 정리하기 위해 시작했지만, 글이 늘어날수록 이참에 책으로 만들어보고 싶다는 의욕이 솟았다.

잘 아는 내용을 말로 설득하는 건 그리 어렵지 않다. 대화 상대가 앞에 있고, 말을 하는 상황과 전후 관계라는 것이 존재하므로. 혹시 부족한 부분이 있어도 눈빛과 표정, 목소리 톤, 손동작과 같은 비언어적인 요소를 동원하면 빈약한 내용도 어느 정도 채울 수 있다. 그러나 글은 그럴 수 없다. 말을 할 때 썼던 유용한 도구들은 하나도 쓸모가 없어진다. 부족한 부분이 있으면 어떻게든 다른 글로, 다른 논리로 채워야 한다. 말로는 '거시기' 혹은 '그거' 같은 말로 뭉뚱그려 넘어갈 수 있는 부분도 글에서는 용납되지 않는다. 글은 문자의 힘으로만 독자를 설득해야 한다.

단순히 '좋다' 라는 감정조차 제대로 표현하기 어려운 게 글이었다. 글을 쓰면서 내가 아는 건 극히 일부였다는 것도 깨닫게 되었다. 쓰면 쓸수록 모르는 것이 더 많아졌고, 확신도 줄어들었다. 더 찾아보고 훨씬 많이 공부해야 했다. 가벼운 마음으로 시작했지만, 결국 무거운 마음으로 쓰고 있었다.

그렇게 글쓰기를 한 달 정도 꾸준히 했다. 책을 낼 정도는 아니었지만, 출판사에 투고할 만큼의 샘플 원고 분량을 완성했고, 몇 군데 출판사의 문을 두드렸다. 결과는 실패였다. 아직 많이 부족하다고 생각은 했지만 역시나였다.

더 큰 문제는 글쓰기에 몰입하면서부터 내가 글쓰기를 마치 '일' 처럼 여기고 있다는 것이었다. 기획서나 보고서를 쓰는 것처럼 힘겹게 써내려가고 있었다. 점점 글쓰기가 부담스러워졌다. 아무도 내게 강요하지 않았지만 내가 나를 옥죄고 있었다. 목표한 대로 또 계획한 대로 이뤄지지 않으면 그 실패를 감당할 자신이 없어 두려웠다.

한 달이 지나자, 이 모든 게 갑자기 무의미하게 느껴졌다. 나는 왜 뜬금없이 글쓰기를 시작해서 나 자신을 힘들게 할까. 정말 작가가 되고 싶기는 한 걸까. 세상에 쉬운 일은 하나도 없는데 고작 한 달 만에 지치는가. 하다가 포기하면 또 어떤가. 갖가지 생각으로 점점 기운이 빠졌다. 무기력해졌고 글을 쓰는 게 두려워졌다. 그렇다고 이제까지 쓴 노력이 아까워 버릴 수도 없었다.

휴식이 필요했다. 매몰된 곳에서 벗어나야 했다. 무기력증을 극복하기 위한 가장 확실한 방법은 낯선 곳에 나를 두는 것이다. 생각이 너무 많거나 혹은 생각이 나지 않을 땐 일상에 여백을 만들어야 한다. 그 여백은 어제의 일상이 떠오르지 않는, 말 그대로 백지 상태여야 한다. 마음에 여유가 있어야 영감이 떠오르는 것처럼 일상에 여백이 있을 때 새로운 생각을 할 수 있다.

결국 40도를 오르내리는 한여름에 또다시 '당일 여행'의 문을 두드렸다. 시원한 사무실을 버리고 불볕더위 속으로 들어갔다.

집밥 같은 파스타

간사이 공항에 도착해 하루카 특급 열차에 올랐다. 하루카(春香)는 '봄 향기'라는 예쁜 뜻인데 봄 향기 열차가 달리는 길은 한여름에도 벚꽃 향이 날 것 같았다. 종점인

교토역에서 JR 산인선으로 갈아타면 아라시야마(嵐山)로 갈 수 있다. 오늘 당일 여행은 교토 중심지에서 조금 벗어난 곳, 아라시야마에서 시작된다.

JR 사가아라시야마역에 도착하니 새파랗고 쨍한 하늘이 여행객들을 반겼다. 역 앞으로는 작은 가게들이 모여 있는 조용한 시골길이 이어지고 있었다. 곧 점심 시간이니 가까운 곳에서 점심을 먹기로 했다. 사실 오기 전부터 찜해둔 가게가 있었다. 바로 두부 파스타로 유명한 '사가노유'라는 카페인데, 어울릴 것 같지 않은 두 음식의 조화가 궁금해서 특별히 체크해둔 곳이다. 유명한 곳이라 웨이팅을 해야 한다고 들었지만, 평일 오전 시간대라 그런지 자리가 꽤 있었다. 이것이 바로 평일 여행이 주는 여유다.

어느 자리에 앉을지 두리번거리다 보니 가게 인테리어가 좀 독특하다. 알고 보니 이곳은 대중 목욕탕을 개조해서 만든 곳이었다. 어쩐지 카페의 벽면이 흰 타일로 덮여 있었다. 금방이라도 물이 쏟아질 것 같은 수도꼭지, 뜨거운 온천수로 가득 차 있을 것 같은 욕조, 세월의 흔적이 느껴지는 옷장과 신발장, 요즘은 보기 어려운 아날로그 눈금 체중계까지 예전 목욕탕의 흔적이 여전히 남아 있었다.

창가에 자리를 잡은 뒤 두부파스타 세트를 주문했다. 세트에는 샐러드와 음료가 포함되는데, 커피는 식사 후 '%(아라비카 % 카페 교토 아라시야마)' 커피를 마셔야 하니 홍차로 골랐다. 점원과 어설픈 일본어로 대화라는 것을 시작하니 이제야 낯선 곳에 왔다는 느낌이 든다. 낯선 곳에서 느끼는 이질감은 바뀐 주변 풍경뿐 아니라 익숙하지 않은 언어 속에서 훨씬 강하게 와닿는다. 원하는 말을 못 하면 오히려 생각이 자유로워지기 때문이다. 이제 내 생각은 어제의 일상 속에 머물지 않고, 하루 동안 자유롭게 뻗어갈 것이다. 언어와 연결된 사고를 마비시킴으로써 일상과의 연결 고리를 끊어버렸다. 어느새 이

방인에 가까워지고 있었다.

기다렸던 두부파스타가 나왔다. 사진으로 미리 확인했지만, 진짜 두부였다. 부침용 두부 같은 단단한 형태가 아니라 순두부처럼 부드럽고 말랑한 질감이었다. 파스타를 담은 접시 위에 기다란 나무 트레이를 올리고 그 위에 두부와 소스들을 얹었다. 어떻게 먹어야 할지 모르는 관광객을 위해 친절한 그림 설명서도 함께 딸려 나왔다.

먼저 두부 본연의 맛을 느끼도록 두부를 한 숟갈 음미한다. 다음엔 취향에 맞게 녹차소금, 유자후추 같은 소스들을 찍어 먹는다. 오리지널 두부를 맛본 뒤에는 본격적으로 파스타를 먹어볼 차례. 두부파스타에는 특이하게도 고기 완자와 파가 들어 있었다. 크림파스타에는 베이컨이나 브로콜리, 양파가 들어가는 게 보통인데, 두부파스타는 미트볼과 파로 맛과 색감을 잡은 것 같았다. 파스타를 즐긴 다음에는 두부나 소스를 파스타에 직접 섞어 다양한 맛을 만들어 먹으면 된다.

파스타는 소스가 묽어 싱거울 것 같았지만 한 입 먹어보니 생각보다 간간했다. 의외로 고소하고 무엇보다 깊은 맛이 났다. 파스타에 들어간 재료 본연의 맛이 서로 겉돌지 않고 뭉근하게 어우러졌다. 파스타에서 왜 사골 육

수 같은 맛이 날까. 고기완자에서 나온 육수와 파에서 나온 채수가 어우러져서 그런 걸까. 마치 국처럼 오래 우려낸 파스타였다. 어릴 적 엄마가 파스타를 해주신 적은 없지만, 만약 만들어주셨다면 딱 이런 맛일 것 같았다.

언어가 통제되면 다른 감각들이 살아나는 경험을 할 수 있다. 입을 막으면 재밌게도 미각이 예민해진다. 할 수 있는 말에는 한계가 있으나 느낄 수 있는 맛은 무한대가 된다. 한국에서처럼 '맛있다!' 라고 바로 표현할 수 없는 대신 더 오래 집중하고 더 깊이 음미할 수 있다. 생경한 맛은 오래된 과거를 들추기도 하고, 미래를 상상하게 한다. 오랜 시간 우려냈던 외할머니 표 사골 육수를 떠올리게 하고, 엄마 입맛에도 딱 맞을 것 같은 파스타를 짐작하게 한다. 머릿속에서 숙성된 미각이 점점 수려해지는 것이다. 이방인 여행에서 음식의 맛이 매번 색달랐던 이유기도 하다.

사가노유[Saganoyu, 嵯峨野湯]
운영 시간 11:00 - 20:00
주소 ⊤616-8366 京都府京都市右京區嵯峨天龍寺今堀町 4 - 3
웹사이트 http://www.sagano-yu.com
전화 번호 +81 75-882-8985
가격 두부파스타 세트(￥1,500)

'응' 커피? '%' 커피

커피에 대한 가장 오래된 기억은 유치원생 때인 것 같다. 주말이면 집에 손님들이 종종 찾아왔는데 그때마다 어머니는 커피를 준비하셨다. 지금은 간편하게 믹스커피(스틱)를 뜯으면 그만이지만 예전엔 커피와 프리마(분말크림), 설탕으로 직접 조제해야 했다. 당시 우리집 황금비율은 커피2 : 프리마3 : 설탕2였다. 집안에 커피 향이 풍길 때면 나는 뭔가에 홀린 듯 거실로 나왔다. 커피 한 숟갈이라도 먹게 해달라고 졸라대면, 어머니는 가끔 따뜻한 우유에 커피 한두 방울을 떨어뜨려주시곤 했다. 몇 방울로도 뽀얀 우유는 금세 연한 갈색빛이 돌았다. 유치원생의 눈엔 정말 커피 같아 보였는지 어렴풋하지만 굉장히 행복하게 마셨던 기억이 난다.

초등학생이 되자 커피를 직접 타볼 기회가 생겼다. 손님이 오면 내가 직접 커피 주문을 받고, 요청한 대로 비율을 조절해 커피를 만들었다. 손님들을 위한 커피를 내면, 나도 보상으로 커피를 마실 수 있었다. 내 커피는 커피0.2 : 프리마3 : 설탕2 비율이었는데, 어머니는 이를 '애기커피'라고 부르셨다. 애기커피는 정말 어린이 입맛에 딱 맞는 커피였다. 커피 향이 나는 분유 맛이었다. 나는 애기커피를 홀짝이며 천진난만하게 손님이 매일 오면 좋겠다고 생각했다.

그 뒤로 오랫동안 커피를 마셨지만 나는 여전히 우유가 들어간 커피를 가장 좋아한다. 남편은 카페라테를 마시면 살찐다며 아메리카노를 권하지만, 나는 아직 우유의 고소함과 에스프레소의 쌉쌀함이 묘하게 섞인 맛을 즐긴다. 물처럼 가볍게 넘기는 아메리카노보다 진득하게 입안에 머무는, 시럽을 넣지 않아도 고소한 라테가 더 좋다.

커피에서 가장 중요한 건 원두지만, 카페라테는 원두뿐 아니라 바리스타의 실력도 중요하다. 우유의 종류와

양, 온도와 거품 정도 등 바리스타가 조절해야 할 부분이 많기 때문이다. 결국, 카페라테는 우유가 관건이다. 나는 밀도 있고 쫀쫀한 우유 거품이 올라간 카페라테를 좋아한다. (카푸치노에 올라가는 펑퍼짐한 거품과는 다르다.) 라테아트까지 올라간다면 금상첨화인데, 찰진 밀크폼과 예쁜 라테아트 그리고 맛까지 좋은 커피를 만드는 곳은 흔치 않다. (내 입맛에 맞는 카페가 별로 없다는 말이다.)

%카페(아라비카 아라시야마)는 아름다운 주변 경치로 유명하지만, 사실 그에 못지않게 커피 맛으로도 유명한 곳이다. 내가 이곳에 흥미를 느낀 건 자연 풍경보다 이곳을 총괄하는 '라테아트 세계 대회 챔피언' 바리스타 때문이었다. 평소에도 카페라테가 맛있는 곳이라면 멀더라도 꼭 한 번은 찾아가는 편인데 라테아트 세계 챔피언이 만든다면, 거기다 그렇게 아름다운 곳에 있다면 당장이라도 가야 할 이유로 충분했다.

사가노유에서 10분 정도 걸어 카페에 도착했다. 카페 앞에 흐르는 가츠라강이 여름 햇살과 열기에 반짝였고, 강을 가로지르는 '도게츠교(渡月橋)'는 아라시야마의 랜드마크라도 된 듯 사람들을 끌어모으고 있었다. 카페는 길게 줄을 설 정도는 아니었지만, 내부가 협소해 커피를 주문하고 기다리는 사람들로 북적였다. 카페 안은 열 명 정도의 사람들이 서 있어도 꽉 찰 만큼 좁은 편이었다. 그나마 카페 한쪽의 유일한 테이블은 사용료를 내야 했다.

카페라테가 맛있기로 소문난 곳이라 라테아트도 보고 싶었지만, 도저히 이 더위에 뜨거운 라테를 마실 수는 없었다. 아이스라테로 주문하고 번호표를 받은 뒤 천장 에어컨 바람이 바로 떨어지는 곳에 자리를 잡았다. 고개를 살짝 들어 서늘한 바람을 맞으며 커피를 맞이할 준비를 했다. 흘렸던 땀이 살짝 보송해졌을 때쯤, 내 번호가 불렸다. 에스프레소가 채 풀어지기도 전인 신선한 아이

스라테였다.

이왕이면 에어컨이 나오는 곳에서 바라보는 풍경이면 좋으련만 사람들이 계속 몰리는 카페에 오래 서 있을 순 없었다. 마침 카페 처마 아래에 그늘이 생겨 햇빛을 피하기로 했다. 첫 모금을 쭉 빨아당기자 진한 에스프레소와 고소한 우유가 동시에 들어왔다. 딱 예상한 만큼의 진하고 고소한 맛이었다. 따뜻한 라테였다면 바리스타가 만들어주는 화려한 라테아트와 함께 더 진득한 라테 맛을 봤을 테지만 오늘은 아이스라테만으로도 만족스러웠다. 라테아트보다 카페 앞 풍경이 훨씬 더 아트에 가까웠기 때문이다. 그늘 밖은 햇빛으로 이글거렸지만, 그 때문에 가츠라강은 훨씬 빛났고, 도게츠교에 부서지는 강의 포말은 우유 거품처럼 보글거렸다. 눈으로 마시는 라테아트였다.

주변을 보니 나를 비롯한 꽤 많은 사람들이 처마 밑에 옹기종기 앉아 있었다. 모두 더위를 피해 그늘에 모여든 모양이다. 약속이라도 한 듯 다들 한 손에 커피를 들고 있었는데 그 모습을 보고 있자니 어쩐지 동지애가 느껴졌다. 커피와 함께하는 낭만적인 피서랄까. 우리는 아라시야마에서 같은 열기와 같은 풍경을 공유하는 아이스커피

동지들이었다. 뜨겁고 낭만적인 시간 속에 우리의 커피
는 어느새 미지근해지고 있었다.

아라비카 교토 아라시야마[アラビカ京都 嵐山]
운영 시간 11: 00 - 20: 00
가격 아이스라테(Blend ¥ 500, Single Origin ¥ 550)
전화 번호 +81 75-748-0057
주소 ㉠616-8385 京都府京都市右京區嵯峨天龍寺芒ノ馬場町 3 - 4 7
웹사이트 https://arabica.coffee

1,000엔으로 만난 고향

교토는 뜨거웠다. 심지어 지금은 하루 중 가장 더운
오후 2시. 오전에는 잘 느끼지 못했던 더위가 오후가 되
자 제 위력을 맘껏 발휘했다. 뜨겁게 익은 거리는 지나가
는 여행객들을 집어삼킬 듯 강한 열기를 내뿜었다. 양산
이 있었지만, 햇볕보다 뜨거운 지열을 가릴 순 없었다.
선풍기가 있었지만 38도의 더위에선 뜨거운 바람만 돌아
가고 있었다. 수분을 보충하려고 산 얼음물은 순식간에
미지근해졌다. 만반의 준비를 했다고 생각했는데 교토의
더위는 보란 듯이 이들을 무용지물로 만들었다. 5분이면

갈 거리를 20분이 넘게 걸려 치쿠린노코미치(竹林の小徑) 입구에 도착했다. 기념품 가게와 편의점을 들락날락하며 땀을 식혀야 했기 때문이었다.

교토는 분지 지형이라 일본에서도 가장 더운 곳이다. 게다가 섬나라답게 습도가 높아 체감 온도는 훨씬 높다. 여행자들은 우스갯소리로 "여름에 교토를 여행하는 것은 한국에서 대구로 피서 가는 격"이라고 한다. 재밌게도 누구나 알고 있는 우리나라에서 가장 더운 그곳이 바로 내 고향이다. 서울에 터를 잡은 지 꽤 되었지만, 여전히 기억 속의 대구는 아주 뜨거웠다. 교토에서 오랜만에 마주하는 이 숨막히고 축축한 더위가 어릴 적 그날을 자꾸만 떠올리게 했다.

치쿠린은 이름 그대로 대나무 숲길이다. 입구에서 나는 안도의 한숨을 쉴 수 있었다. 길 양쪽에 솟은 대나무들이 햇빛을 가려주었기 때문이다. 대나무 그늘 덕분에 양산도 필요 없을 것 같았다. 하지만 안타깝게도 여전히 더웠다. 이번 더위의 주범은 관광객들이었다. 한적한 숲길을 기대하고 왔는데 갈수록 늘어나는 사람들 때문에 숨이 턱턱 막혔다. 여기가 이렇게나 세계적인 관광지였나. 얼른 이 글로벌한 열기를 피해 조용한 곳으로 가고 싶었다.

도게츠교에서 치쿠린까지 오는 길에는 가게가 많아 1분 걷고 5분을 쉴 수 있었다. 더우면 아무 가게나 살짝 들어가 잠깐씩 숨을 돌렸다. 하지만 이곳은 좁은 오솔길이라 가는 길 내내 가게는 고사하고 쉴 만한 의자조차 보이지 않았다. 총 길이가 10분 정도 되는 거리였는데 5분이 지나자 슬슬 한계에 다다랐다. 빨리 에어컨이 있는 곳으로 가야 했다. 구글 지도를 켜 주변에 쉴 수 있을 만한 곳을 알아봤다. 가까운 역이나 카페, 정원 어디든 좋았다. 찾는 도중 갈림길을 만났는데 안내 표지판에서 '정원'이라는 한자가 보였다.

오코치산소 정원(大河內山莊庭園). 며칠 전 교토 가이

드북에서 봤던 개인 정원이다. 이곳을 기억하는 이유는 입장료가 1,000엔이었기 때문이다. 아무리 개인 정원이지만 교토에서 유명한 절보다 비싸서 의아했었다. 최근 리뷰를 찾아보니 '만 원이 아깝지 않은 좋은 경치'라는 평이 많았다. 그중에 만 원이라는 진입 장벽(?) 때문에 오히려 관광객이 적어 조용하고 입장료를 내면 차와 과자를 내어준다는 설명에 끌렸다. 어차피 카페에서 쉬면서 차를 마시려 했기 때문에 정원을 구경하며 차도 마시면 일석이조일 것 같았다.

여러 모로 합리적인 결정이라 생각하며 정원으로 향했다. 입장료 1,000엔을 내니 직원이 입장권과 다과 쿠폰을 준다. 일단 너무 더우니 차부터 마시며 열을 식혀야 할

것 같았다. 다실은 입구와 멀지 않은 곳이라 금방 찾았는데 뭔가 이상하다. 문이 열려 있는 게 아닌가. 어떻게 문이 활짝 열려 있는 거지? 가까이서 보니 다실이 아니었다. 다도 체험이니 당연히 다다미방일 거라고 생각했는데 이곳은 여러 개의 테이블과 의자만이 덩그러니 놓여 있는 휑한 찻집이었다. 모든 문은 활짝 열려 있었고, 대형 선풍기 3대만이 힘없이 돌아가고 있었다. 점원이 반갑게 인사를 했지만, 나는 전혀 반갑지 않았다. 망했다고 생각했다. 안팎이 전혀 차이 없이 더운 곳이라니. 여기서 과연 땀을 식힐 수나 있을까.

다과 타임은 더 가관이었다. 쿠폰을 내니 직원은 펄펄 끓는 녹차를 가져다주었다. 이 더위에 뜨거운 차라니. 나는 합리적인 생각을 했다기보다 생각하고 싶은 대로 생각했던 것이다. 오늘처럼 더운 날에는 당연히 시원한 녹차를 줄 것 같았고, 당연히 에어컨이 나오는 다다미방에서 쉴 수 있을 거라고 기대한 것이다. 결국 녹차가 식을 때까지 호호 불어가며 마셔야 했다. 녹차는 쓰기보다 조금 짭짤했다. 얼굴을 타고 입술까지 내려온 땀 때문인 건가. 진정한 이열치열이었다. 뜨거운 차로 더위를 이길 수 있을지는 모르겠지만.

차는 다 마시지도 못하고 다실을 빠져나왔다. 열을 식히러 왔던 것 같은데 몸에서 새로운 열이 나는 느낌이다. 입장료까지 내고 들어왔으니 일단 정원을 한 바퀴 돌아보기로 했다. 지도를 보니 전망대가 표시되어 있었다. 정원은 사람이 별로 없어 치쿠린보다는 덜 더운 느낌이었다(온도는 같았을 테지만). 전망대라고 해서 예상은 했지만, 이 더위에 오르막을 오르는 건 무척 힘이 들었다. 가파르지 않은 길인데도 숨이 차서 나도 모르게 가다 서기를 반복하며 숨을 고르곤 했다.

얼마나 왔을까. 좁은 오르막길이 끝나자 정자 하나가 나왔다. 처음 전망대 표시를 봤을 땐 그저 정원 전체를 볼 수 있는 곳쯤이라 생각했다. 오르막이 꽤 이어졌지만 얼마나 오르고 있는지를 가늠할 수 없어 더 힘이 들었다. 막상 정자에 도착해보니, 이곳에선 정원뿐 아니라 교토 전경이 한눈에 들어왔다. 생각보다 높은 곳에 올라온 것이다. 까마득한 건물들 사이로 교토타워도 찾을 수 있었다. 정자에 걸터앉아 풍경을 보고 있자니 이 장면은 마치 이젤에 올라간 캔버스화 같았다. 정자의 양 기둥과 처마, 마루의 난간이 교토 전경을 직사각형으로 반듯하게 잘라냈기 때문이다.

무엇보다 강렬했던 건 병풍 같은 산이었다. 교토를 휘감은 산이 끝없이 펼쳐졌다. 듣던 대로 교토는 산속에 파묻힌 분지였다. '어쩜 이렇게 산이 많을까?' 어릴 적 집 근처 산을 오르며 느꼈던 감동(?)과 비슷했다. 산속에 파묻힌 그 시절 대구도 오늘처럼 더웠을까. 나는 생경한 풍경 속에서 열기로 가득했던 옛 고향을 더듬고 있었다. 일본의 대구에 한국의 교토 출신이 왔다고 생각하니 어쩐지 더위만큼은 자부심이 생기는 느낌이다. 전망대를 오르기 전에는 입장료가 아까웠지만, 이곳 풍경이 선물해 준 뜨거운 추억 덕분에 1,000엔은 휴식과 회상, 그 이상의 가치로 기억될 것 같다.

오코치산소 정원[大河內山莊庭園]
운영 시간 09:00 - 17:00
입장료 성인 ¥1,000
주소 ⊤616-8394 京都府京都市右京區嵯峨小倉山田淵山町 8
전화 번호 +81 75-872-2233
웹사이트 https://kanko.city.kyoto.lg.jp

치쿠린 노코미치[竹林の小徑]
주소 ⊤616-8385 京都府京都市右京區嵯峨天龍寺芒ノ馬場町

빠름 속의 느림, 그 속의 빠름

나는 '탈것'을 사랑한다. '탈것'이라고 하면 오해가 생길 수 있으니 국어사전을 참고하여 '자전거, 자동차 따위의 사람이 타고 다니는 물건'을 좋아한다고 풀어야겠다. 어릴 때부터 두 발로 걷는 것보다 무언가에 타는 것을 좋아했다. 걷는 것보다 빠르기 때문이다. 원체 성격이 급해서 그런 탓도 있겠지만, 걷는 속도는 성에 차지 않았다.

어릴 땐 단순히 걷는 것보다 빨라서 좋아했지만, 나이가 든 지금까지 탈것을 좋아하는 데는 다른 이유도 있다. '빠르기'와 같은 맥락으로 '빠른 풍경'을 좋아하기 때문이다. 나는 고정된 장면보다 빠르게 스치는 정경에 더 매

료된다. 멀어지는 사람과 집, 도로처럼 움직이는 풍경을
좋아한다.

빠르게 스치는 풍경을 보고 있으면 마치 '빨리 감기'
를 누른 비디오 화면처럼 내 일상도 함께 지나가버리는
것 같다. 흘러가는 그 속도대로 나는 내 일상과 한순간에
멀어진다. 일상과 멀어지면서 마음속에 쌓인 후회나 집
착도 빠른 풍경과 함께 휩쓸려간다. 지나친 걱정거리나
무거운 책임, 돌이킬 수 없는 관계들이 순식간에 멀어진
풍경과 함께 사라지는 것만 같다.

물론 빠른 화면 속으로 모든 것이 사라지지는 않는다.
더 중요한 것이 남는다. 단순하지만 순수한 질문들이다.
나를 둘러싼 응어리를 하나씩 버리다보면 결국 원형의
'나'와 온전한 '생각'만이 남는다. 급하게 바뀌는 풍경
은 나에게 중요하지 않은 것들을 버리고 더 중요한 것을
지키게 했다. 나는 그제야 사라지지 않고 남아 있는 것들
에 집중할 수 있다. 한결 가벼운 마음으로 순수한 나에 집
중하고, 중요한 질문에 진지하게 응한다. 그렇게 정화된
마음에는 곧 새로운 생각과 영감이 떠오른다. 일상 속에
서는 얻기 힘들었던 새로움을 얻는다.

익숙한 풍경에서는 차창 밖으로 장면이 아무리 빠르

게 바뀌어도 쉽게 일상을 지울 수 없다. 여전히 익숙한 동네고, 매일 출퇴근하는 길이다. 바뀌는 풍경의 다음 장면을 이미 알고 있을 때는 새로운 생각을 할 수 없다. 내게 덕지덕지 붙은 체면을 떼어낼 수 없다. 결국, 일상 속에서는 일상을 버릴 수 없다. 낯선 풍경 속에서만이 본래 내가 좋아했던 '빠른 풍경'이 힘을 발할 수 있다. 바로 버리고 고르고 또 얻는 힘이다.

교토에서 공항으로 돌아가는 열차 안, 차창 밖으로 스러지는 이름 모를 낯선 풍경 속에서 나는 또 한 번 버리고, 고르고, 얻는다. 무거운 부담을 버리고, 더 중요한 것을 생각하고, 새로운 아이디어를 발견한다. 머릿속에서 떠오르는 대로 핸드폰 메모장에 받아 적다 핸드폰 배터리가 다 되어버렸다. 핸드폰이 먹통이니 이제 펜을 들고 직접 써야 했다. 쓸 만한 종이를 찾다 가방에서 오코치산소 정원 안내 설명서(입장권)를 발견했다. 이제 타자보다 훨씬 느린 손글씨로 일본어가 가득한 설명서를 채울 것이다.

잘 알아보기도 어려운 글씨가 휘갈겨졌다. 온갖 생각들이 정리되지 않은 채 그대로 분출된다. 글을 쓰려고 했던 이유부터 어떤 이야기를 하고 싶은지, 여행을 하는 이유, 학창 시절의 꿈, 지금까지 살아온 과정과 생각의 변화, 가족과 가까운 사람과의 관계, 미래의 내 모습까지 연결되지 않을 것 같은 주제가 서로 얽혀 쏟아진다.

누군가는 당일 여행은 이동 시간이 길어 힘들 것이라 생각하지만, 나는 오히려 그 이동 시간을 즐겼다. 나에게 이동은 낯선 공간으로 가기 위한, 그리고 이방인이 되기 위한 준비 과정이고, 생각이 정리되고 새로운 발상이 떠오르는 소중한 시간이다. 여행하는 과정 모두가 충분한 '여행'이었다.

나의 여행은 빠름 속에 느림이 있고, 느림 속에 빠름이 있다. 이른바 동중정(動中靜)과 정중동(靜中動)이 함께했다. 빠르게 스치는 배경은 여행을 느리게 만든다. 이이제이(以夷制夷)처럼, 마음이 바쁠 땐 그보다 더 바쁜 장면들이 도움이 되었다. 빠른 풍경은 마음을 차분히 잠재우고, 버리고 비우기를 도와준다. 이것은 동중정과 같다. 움직임 가운데 고요해지는 것이다. 빠른 풍경 속에서 느려진 마음은 다시 새롭게 바빠진다. 그동안 방해했던 겉치레가 떨어져 나가고 신선한 생각들이 자리잡는다. 많은 아이디어와 인사이트가 쉴새없이 쏟아진다. 이것은 정중동과 같다. 고요한 가운데 새로움 움직임이 생긴 것이다.

한여름의 짧은 여행이었지만, 하루만으로도 내 일상

엔 한결 숨통이 트였다. 빠르게 사라지는 풍경 속에 답답한 마음을 버리고 와서일까. 한국이었으면, 익숙한 풍경이었으면 쉽게 버리지 못했을 마음이었다. 물론 한 번의 여행이 무언가를 크게 바꾸거나 눈에 띄는 변화를 이끌지는 못한다. 하지만 일상의 작은 균열만으로도 어제와 달라진 나를 만날 수 있다. 무엇보다 땀으로 범벅된 하루 덕분에 무기력증은 말끔히 사라졌다.

돌아오는 길에 본 누군가의 글귀가 큰 위안이 되었다. "에세이는 잘 쓰면 좋고, 못 써도 큰일은 아니랍니다. 본인이 잘 쓰지 못해도 잘 쓴 글을 알아볼 수 있으면 되고요."

지금 나에게 딱 필요한 조언이었다. 어차피 내 이야기를 풀어내는 건데 못 써도 큰일은 아니다. 좋은 글을 쓰려고 하는 부담, 잘 쓰려고 하는 부담을 조금 내려놓는다면 그저 나만의 색깔이 담긴 글을 담담히 써 내려갈 수 있지 않을까.

한눈에 보는 당일치기 교토(아라시야마)

▲항공권 : 피치항공
인천 → 오사카 07:30-09:15
오사카 → 인천 20:00-21:50

▲동선 및 일정

간사이공항(09:46) → [하루카 78분] → 교토역(11:12) → [JR 산인선 17분] → 사가아라시야마역(11:29) → [도보] → 사가노유/점심(11:35) → [도보] → 아라비카 교토 아라시야마(13:00) → [도보] → 치쿠린(14:30) → [도보] → 오코치산소(15:00) → [도보] → 카페(16:30) → [도보] → 사가아라시야마역(16:57) → [JR 신안선 17분] → 교토역(17:30) → [하루카 89분] → 간사이공항(18:59)

▲예산

항공권 : 15만 원 정도 / 저가항공(인천⇔오사카 왕복)
교통비 : ￥3,200
      간사이공항⇔교토역⇔사가아라시야마
      하카타 특급 왕복(￥3,200)
입장료 : ￥1,000
      오코치산소(￥1,000)
식 비 : ￥2,500
      점심 : 사가노유(두부파스타 세트 ￥1,500)
      카페 : 아라비카 교토 아라시야마(아이스라테 ￥500)
      카페 : 아링코(아이스크림 ￥500)
      기타 : 생수 등 간식 ￥500
TOTAL : 22만 원 정도

06 당일치기 도쿄
{취향이 되는 과정}

퇴사준비생의 당일 출장

《퇴사준비생의 도쿄》이 책을 처음 접한 것은 머릿속이 온통 '퇴사'로 가득 찼을 때였다. 나는 당시 직장인이라면 누구나 겪는다는 '369 증후군'을 앓고 있었다. 이 증후군은 직장생활에서 3년, 6년, 9년 단위로 겪는 슬럼프 상태를 말하는데 쉽게 말하면 직장 사춘기 혹은 직장 권태기라고도 할 수 있다. 힘들게 들어온 회사였지만, 이젠 출근하는 게 더 힘이 들었다. 입사할 때 가졌던 당찬 포부는 이미 회의감으로 변했고, 선배나 상사의 모습이 내 미래의 모습이라고 생각하면 자꾸만 눈앞이 깜깜해졌다. 정년까지 다닐 수 있을지도 의문스러웠다.

변화가 필요했다. 보직 변경, 휴직, 이직 등 여러 방법이 있지만 나는 최후의 길인 '퇴사'부터 생각해보기로 했다. 직업이 없다고 가정해야 스스로 만든 직업적 한계를 내려놓고 처음부터 다시 생각해볼 수 있을 것 같았다. 내 일과는 전혀 딴판인, 지금껏 생각해보지 않은, 생각만 하고 도전해보지 않은, 주위의 반대로 선택하지 않은 더 많은 길이 선택지가 되길 바랐다.

직장 생활의 끝을 생각하다 보니 알게 모르게 변화가 찾아왔다. 먼저 나를 알아보고 싶어 나에 대한 정보를 모았다. 지금까지 직업이 아닌 나에 대해 깊이 있는 고민을 한 적은 없었다. 직업의 조건만 생각했다. 그것은 내가 하고 싶은 일이 아니라 내가 겨우 할 수 있는 일이었다. 한편 막상 퇴사를 생각하니 낯선 내가 보였다. 직업 관련 테스트를 통해 나만이 가진 강점과 장점을 분석했다. 이를 활용할 수 있는 새로운 직업을 알아보고, 당장 회사에서 발휘해볼 방법도 고민했다. '퇴사'라는 키워드로 검색된 각종 뉴스나 책을 찾아 읽고, 퇴사 관련 커뮤니티에도 참여했다. 퇴사한 선배들의 경험담과 지혜롭게 직장 생활을 하는 방법, 취미 활동으로 새로운 길을 만든 노하우 등 퇴사 전 필요한 갖가지 정보와 다양한 사례를 모았다.

《퇴사준비생의 도쿄》는 제목이 유독 눈에 띄었다. 취업준비생도 아닌 퇴사준비생이라는 표현이 신선했고, 도쿄라는 지명이 뭔가 여행과 관련될 것 같아 흥미로웠다. 저자는 취업할 때처럼 퇴사에도 준비가 필요하다고 생각했다. 퇴사준비생은 무엇보다 홀로서기를 할 '실력'을 키워야 하는데, 진짜 실력을 위해선 사업 아이디어와 인사이트를 갖추는 게 가장 첫 과제라고 했다. 바로 이 비즈니스 인사이트를 '여행'을 통해서 얻을 수 있다는 것이 이 책의 주된 내용이다. 즉 단순한 여행객이 아닌 퇴사준비생이라는 마음으로 방문한다면 이전까지와는 전혀 다

른 관점의 여행이 될 수 있다는 것이다.

선진 도시에서는 차별적인 콘셉트, 틀을 깨는 사업 모델, 번뜩이는 운영 방식 등 남다른 통찰력을 발견할 수 있다고 한다. 도쿄는 트렌드뿐만 아니라 업의 본질에 대한 고민, 기존 비즈니스 모델에 대한 재해석, 깊이를 만드는 장인 정신 등을 찾을 수 있는 곳이다. 저자는 도쿄에서 10년이 흘러도 변하지 않을 남다른 사업 통찰력을 가진 25개의 스폿을 소개했다. 음식점부터 시작하여 서점, 편집숍, 도서관, 미술관 등의 다양한 분야였다.

이 책은 퇴사를 권하는 것이 아니라 퇴사를 하기 전에 갖춰야 할 실력과 관점을 이야기했고, 그 실력과 관점을 여행을 통해 찾아보는 새로운 방법을 제시했다. 만약 이 책을 퇴사 고민이 없었을 때 읽었다면 큰 감흥을 받지 못했을 것이다. 비즈니스는 나와는 혹은 내 직업과는 먼 일이라고 생각했을 것이다. 하지만 퇴사를 염두에 두었기 때문에 퇴사준비생의 관점에서 바라본 비즈니스 인사이트를 새롭게 해석할 수 있었다.

그동안 도쿄를 당일 여행 후보지에 올리지 않았던 건 비행 시간이 길어서이기도 하지만 서울과 비슷한 대도시라는 이유가 더 컸다. 일상에서 벗어나기 위한 여행에서

서울과 비슷한 대도시는 좋은 목적지가 아니다. 도시는 여행자에게 무척이나 익숙하고 친절한 곳이기 때문이다. 도시 곳곳에선 친절한 한국어와 자주 만나고, 물론 익숙한 한국인들도 자주 보게 된다.

《퇴사준비생의 도쿄》는 도시 여행에 대한 편견을 흔들었다. 이 책은 여행의 관점을 달리할 때 드러나는 도시의 숨은 면모를 보여주었다. 바로 익숙한 도시를 낯설게 보는 새로운 방법이다. 익숙한 도시가 낯선 인사이트의 장소가 될 수 있다면 앞으로의 여행은 더 무궁무진해질 수 있다.

결국 이 책은 나에게 새로운 도시 여행을 권했다. 책에서 가정한 비즈니스 출장을 시도하게 된 것이다. 지도를 펼쳐 가보고 싶었던 곳의 위치를 확인하고, 걸어서 다닐 수 있는 가까운 곳들을 묶어 동선을 짰다. 최종적으로 도쿄의 다섯 군데 가게를 골라 나만의 '당일치기 출장 루트'를 만들었다. 퇴사준비생의 관점으로 바라볼 낯선 도시와 그곳에서 얻게 될 인사이트가 기대된다.

취향 존중 초콜릿

오늘 출장은 도쿄에서 가장 비싼 땅인 긴자 거리를 중심으로 둘러보려고 한다. 첫 번째 출장지는 초콜릿의 취향을 존중하는 '100% 초콜릿 카페'다. 평소 초콜릿에 대해 잘 모르고 좋아하는 편도 아니지만, 책에 소개된 '초콜릿 샘플러'는 꼭 먹어보고 싶었다. 이곳에는 56가지 맛의 초콜릿이 있는데, 샘플러를 주문하면 랜덤으로 선정된 세 가지 초콜릿을 맛볼 수 있다. 물론 딱딱한 초콜릿 바가 아니라 맛을 더 깊이 느낄 수 있도록 마시는 초콜릿 음료로 제공된다고 한다.

도쿄역에서 10분 정도 걸으니 어느새 목적지다. 카페 안에는 두 사람이 초콜릿을 고르고 있었지만 모두 포장 손님인 듯했고 자리를 잡은 사람은 나뿐이었다. 은행나무가 보이는 창가에 자리를 잡고 샘플러를 주문했다. 샘플러를 맛보기 전 초콜릿 소개 리플릿을 보며 맛을 예습해 보았다. 초콜릿은 1번부터 56번까지 자기만의 번호가 있었는데, 번호만 알면 초콜릿의 원산지를 찾아보거나 맛을 상상할 수 있다. 리플릿에 원산지를 표시한 세계 지도와 각 초콜릿 맛을 일곱 가지로 구분한 그래프가 있었다. 7가지 맛은 꽃맛, 과일맛, 견과류맛, 우유맛, 신맛, 단맛, 쓴맛인데 사실 내가 구분할 수 있는 맛은 이 중 단맛과 쓴맛 정도였다. 쓰고 덜 쓰고, 달고 덜 달고 밖에 모르는 내가 7가지 맛을 알아보려면 혀에 (지금은 근거가 없다고 하는) '맛 지도' 라도 그려야 할 판이었다.

오늘 초콜릿 샘플러는 싱글빈인 가나, 콜롬비아, 자바 초콜릿이었다. 두세 모금이면 금방 마셔버릴 것 같은 에스프레소 잔에 따뜻한 초콜릿 드링크가 담겨 있었다. 잔 아래에 있는 설명서에는 일곱 가지 맛의 그래프가 그려져 있었다. 우선 각 초콜릿을 한 모금씩 돌아가며 음미했다.(여기선 마시는 것보다 음미한다는 표현이 맞겠다.) 가나 초콜릿은 평소에 접해본 달달한 핫초코 맛이고, 콜

롬비아는 가나보다는 좀 쓴맛이 강하고, 자바는 앞의 두 초콜릿과는 다르게 신맛이 많이 났다.

초콜릿을 자주 먹는 편이 아니라 디테일하게 맛을 구분하기는 어려웠지만, 세 가지 초콜릿 중 맛의 순위는 정할 수 있었다. 선호가 생긴 것이다. 나는 가나 초콜릿 같은 조금 가벼운 단맛이 좋았다. 사실 샘플러라는 메뉴 자체가 취향을 발견하도록 도와주는 장치인 듯하다.

선호가 생겼다는 건 곧 취향으로 발전할 가능성을 발견한 것과 같다. 이곳에서 내가 받은 인사이트는 '취향이 되는 과정'이었다. 취향이 만들어지려면 일단 그것을 좋아하는 상태여야 한다. 이것이 첫 번째 조건이다. 두 번째는 그 분야의 다양한 샘플을 경험하고 서로 비교하는 과정에서 '선호'를 발견하는 것이다. 선호가 생긴 후에는 전과는 다른 애착과 고민을 통해 자기만의 '취향'으로 발전시킨다. 좋아하는 것이 단순히 취미에 그치지 않고 취향으로 확장될 수 있다면 이는 전과는 다른 의미가 된다. 즐기는 것 이상으로 그 분야에서 새로운 업이 되거나 비즈니스 인사이트가 될 수도 있기 때문이다.

어떤 분야건 선호와 취향을 찾을 때 '샘플'보다 더 유용한 것이 있을까. 커피도 여러 종류의 커피를 마셔보고

난 뒤에야 원두별로 신맛과 쓴맛을 구분하거나 자기만의 선호를 발견할 수 있다. 술도 마찬가지다. 맥주나 와인도 다양하게 자주 마셔봐야 자기만의 술 취향을 찾을 수 있다. 비단 음식뿐 아니라 우리가 흔히 말하는 예시나 사례는 모두 샘플에 해당한다. 취향이라는 것은 혼자만의 생각으로 만들어지기보다 다양한 사례와 비교하면서 혹은 다른 사람들과 공유하면서 좀더 선명해진다.

여행에도 취향이 있다. 관광, 휴양, 쇼핑 등 여행의 목적뿐 아니라 국내와 국외 혹은 자연과 도시처럼 여행의 장소, 여행 주제, 여행 기간 등 갖가지 샘플이 있다. 내가 당일 여행이라는 취향을 갖게 된 것도 여행을 좋아하는 것부터 시작했다. 여행을 좋아하다 보니 점차 다양한 방법으로 자주 여행을 했고, TV나 책을 통해서도 사례를 접했다. 자연스레 그동안의 여행을 비교하며 나만의 여행 선호를 찾아갔다. 예를 들어 패키지 여행보다 배낭 여행을, 국내 여행보다는 해외여행을, 도시 여행보다 자연 여행을, 휴양보다 관광하는 여행을 더 좋아하는 것처럼 말이다.

여행 선호는 점차 뚜렷한 '취향'으로 발전하였다. 어느 순간, 가끔 떠나는 긴 여행보다 짧더라도 반드시 갈 수 있는 여행이 일상엔 더 필요하다는 확신이 생겼는데,

바로 이 확신이 취향을 발견하는 데 큰 역할을 했다. 일상을 변화시키고 싶은 고민과 그 문제를 해결하려는 노력이 나만의 여행 취향을 만든 것이다. 이는 곧 나만이 만들 수 있는 콘텐츠이며 스토리가 되었다. 매 여행은 구성이 탄탄한 영화처럼 기승전결이 있고 언제든 풀어낼 수 있는 이야기들이 쌓여갔다.

나의 당일 일본 여행도 여행을 좋아하는 사람들에겐 새로운 '여행 샘플'이 될 수 있다. 누군가는 이를 자신의 여행과 비교하고, 비교를 통해 여행 선호를 발견하고, 선호에 자기만의 스토리를 더해 자기만의 여행 취향을 만들어낼 것이다. 당일 여행이 나에게 단순한 여행 이상의 가치를 느끼게 해준 것처럼 이 책이 누군가에게 색다른 여행 인사이트가 되면 좋겠다.

100% ChocolateCafe[Kyobashi Honten]
현재 폐점

쌀집 속 일상

다음 출장지는 '아코메야(AKOMEYA)'라는 '쌀집'이다. 오늘 점심은 쌀집에서 먹을 예정인데 사실 이곳은 평범한 쌀집이 아니다. 무려 도쿄에서 가장 비싼 땅인 긴자 거리에 있는 쌀집이다. 우리나라로 치면 명동이나 압구정동 한복판에 있는 쌀집인 셈이다. 이런 곳에 쌀집을 만들었다는 발상도 새롭고, 무려 장사도 잘된다니 신기했다. 그럴 만한 이유가 있을 테니 직접 가서 살펴보고 싶었다.

아코메야는 보통 쌀집이 아닌 쌀을 테마로 '다이닝 라이프 스타일'을 제안하는 곳이다. 갓 지은 쌀밥 한 그

릇이 주는 행복을 전하고, 그 밥을 중심으로 한 새로운 일상을 제안한다. 이곳은 한 종류의 쌀을 오랫동안 먹기보다 여러 종류의 쌀을 짧은 기간에 맛볼 수 있도록 다품종 소량 판매 방식을 택했다. 그 때문에 2~3인분 단위로 포장된 쌀이 많아 누구나 부담스럽지 않게 맛볼 수 있다. 이곳은 또한 일본 각지의 쌀을 원하는 양만큼, 원하는 용도에 맞게, 도정 정도까지 지정해서 '맞춤'으로 구매할 수가 있다.

사실 여기까지의 설명은 크게 흥미를 끌지 못했다. 맞춤으로 쌀을 고를 수 있는 것쯤은 누구나 생각할 수 있는 수준 아닌가. 나는 쌀보다 '밥'에 더 주목했다. 아코메야에는 밥을 짓는 공간이 따로 있어 '오늘의 쌀'로 만든 샘플밥을 맛볼 수 있다. 또한 '추보(廚房, 주방)'라는 식당에서는 '오늘의 쌀'과 이곳에서 판매하는 반찬들로 꾸려진 한 끼 정식을 제공한다. 이곳의 성공 비결은 쌀집에서 판매하는 식재료를 사용한 밥집인 것 같다. 쌀맛은 결국 밥맛으로, 쌀집은 밥집으로 연결되니 말이다. 맛있는 밥 한 끼를 먹는 것이 최종 목적이니까.

아코메야에 도착하니 12시 반. 식당 문 앞에 웨이팅 리스트 같은 종이가 있어 익숙하게 이름을 적었다. 히라

가나로 적어야 할지, 가타카나로 적어야 할지 잠깐 고민했지만, 영어와 한자를 함께 적었다. 영어는 외국인임을 알린 것이고, 한자는 일본어를 모르지만 어떻게든 일본 방식으로 읽어 달라는 의미였다. 명단을 보니 앞에 3팀 정도가 있어 가게를 잠깐 둘러볼 여유가 있었다.

먼저 '오늘의 쌀'로 지은 밥을 맛보고 싶었다. 구수한 뜸 냄새를 본능적으로 따라가보니 정미소 한쪽에 밥솥이 보인다. 밥솥 앞에는 손가락 한 마디 정도의 크기로 동그랗게 말린 샘플 밥 서너 개가 가지런히 놓여 있다. 샘플 밥은 모두 투명 랩에 싸여 있었는데 수분이 날아가지 않아 작은 물방울들이 맺혀 있다. 손바닥 위에 조그만 밥을 올리고 마치 호빵 밑에 붙은 종이를 떼어내듯 랩을 풀었다. 동그란 밥 뭉치를 한입에 넣으니 쫀득하고 찰진 식감이 감돌았다. 갓 지은 밥답게 알알이 살아 있는 느낌이다. 몇 번 더 오물거렸더니 침샘에서 아밀레이스가 나온 듯 단맛까지 감돌았다.

가게를 둘러보고 돌아오니 벌써 내 차례다. '바꾸상~!' 여직원은 일본인 특유의 높고 가느다란 음색으로 내 이름을 불러주었다. 혼자 온 사람들은 대부분 바에서 식사 중이었는데 내 자리는 바의 가장 왼쪽 가장자리였다. 정

식 메뉴를 주문한 뒤 식당 내부를 둘러보니 어두운 조명 때문인지 차분한 분위기다. 식당은 만석임에도 소란스럽지 않고 조곤조곤한 말소리만 들렸다. 빠르게 식당 스캔을 마칠 때쯤 옆자리에 앉은 외국인은 외국인 억양의 일본어로 나와 같은 메뉴를 주문했다.

바에 있으니 주방 안이 훤히 보였다. 덕분에 기다리는 시간이 덜 지루했는데, 눈앞에서 분주히 움직이는 직원들을 보고 있자니 문득 그들의 일상을 구경하는 관객이 된 듯했다. 여행자는 가끔 관광객인 동시에 관객이 된다. 어떤 것을 보러 왔지만 동시에 누군가를 보곤 한다. 유형의 것들을 보는 와중에도 무형의 것들이 눈에 들어온다.

"여행이란 내 일상에서 벗어나 남의 일상으로 들어가

는 것"이라는 말이 있다. 내 일상에서 벗어나지 않으면 남의 일상은 눈에 잘 들어오지 않는다. 우리가 언제 출근길 카페에서 커피가 아닌 바리스타의 일상을 궁금해한 적이 있었나. 카페는 커피를 사기 위한 곳이니 유형의 결과물만 얻으면 충분했다. 나의 일상에 다른 사람의 하루가 들어올 여유는 없었다. 내가 매번 짬을 내서라도 다른 사람의 일상으로 들어가는 이유는 일상을 벗어나기 위해서지만 내 일상을 다르게 보기 위함이 더 크다. 다른 사람의 일상에 관심이 생기면 곧 내 일상도 다른 관점에서 관심 있게 바라봐지기 때문이다.

어제 오후, 나는 서류 뭉치를 들고 회사 복도를 정신 없이 뛰어다녔다. 급하게 처리해야 할 결재 건이 있어 이 방 저 방 문을 두드리며 진땀을 뺐다. 몇 번의 결재 라인을 거치다보니 수정할 부분이 생겨 잠깐 자리로 돌아왔을 때였다. 문구를 바꾼 뒤 인쇄키를 누르려는데 부서에 손님이 찾아왔다. 70대 정도의 나이가 지긋하신 할아버지신데, 미리 방문하겠다는 전화도 없이 바로 오셨다고 한다. 하필 문의하려는 내용이 내가 담당하는 분야라 어쩔 수 없이 따로 자리를 마련했다. 아직 최종 결재를 받지 못한 상황이라 마음이 급해 나도 모르게 말 속도가 빨라졌다. 입꼬리는 어색한 미소를 만들었지만, 눈꼬리는 매섭게 무언의 메시지를 전달하고 있었다. '이런 내용은 전화로도 충분히 상담이 가능하니 그만 좀 가주시면 안 될까요.' 다음부턴 꼭 전화하고 방문하시라는 눈빛도 함께 쏘아붙였다.

손님의 눈엔 내가 어떻게 비쳤을까. 문득 어제의 하루가 내가 아닌 그의 앵글에서 비춰졌다. 전화보다 직접 대면하는 것이 더 편한 사람들도 있는데 내가 너무 무례한 건 아니었는지. 그렇게 급하게 상담을 끝낼 필요는 없었을 텐데. 어젠 내 마음에 여유가 없으니 나와 상관없는 사람이 들어올 틈이 없었다. 그리고 오늘이 아니었다면 어제를 돌아보지도 않았을 것이다. 일상과 떨어지지 않았다면 일상을 살펴볼 겨를이 없을 테니 말이다.

식사 주문은 외국인보다 내가 조금 빨랐지만, 음식은 함께 나왔다. 그와 나란히 같은 음식을 받고 동시에 젓가락을 들었다. 그는 첫술을 뜨자 눈이 동그래지더니 눈썹을 추켜세우며 외국인 다운 리액션을 취했다. 나도 고개를 끄덕이며 만족스러운 사운드를 냈다. 밥맛이 좋기도 했지만, 어제와 다른 공간에서 먹는 밥이기 때문에 더 만족스러웠던 것 같다. 쌀집에서 어떤 인사이트를 얻고 싶었지만, 그보다 내 일상을 돌아보는 것이 더 큰 영감으로 다가온 것 같다.

아코메야 도쿄 본점[アコメヤ トウキョ]
운영 시간 11:00 - 20:00
주소 ⊤104-6601 東京都中央區銀座 2 丁目 2 - 6
전화 번호 +81 3-6758-0270
웹사이트 akomeya.jp

식빵의 맛있는 변신

어릴 적 처음 맛본 식빵은 동네 구멍가게 어딘가에 쌓여 있던 빵 중 하나였을 것이다. 어머니는 가끔 초등학생인 내 팔 길이만 한 식빵을 사오셨다. 투명한 포장지 안에는 얇게 잘린 식빵 조각들이 기차처럼 다닥다닥 연결되어 있었다. 학교를 마치고 집으로 돌아오면 나는 종종 나만의 식빵 타임을 준비하곤 했다.

먼저 널찍한 접시 위에 식빵 한 장을 올린다. 다음으로 냉장고에서 우유를 꺼내 컵이 아닌 국그릇에 따른다. 이제 식빵을 반으로 찢어 한 조각씩 우유 속에 푹 담근다. 마음속으로 다섯을 세면 식빵은 금세 우유를 머금어 부드러워진다. 잘 익은 홍시처럼 촉촉해진 식빵을 입에 넣으면 빵에서 나온 우유 즙이 입안을 가득 채운다. 직접 만들어 먹는 나만의 '우유 식빵'이었다. 혼자 앉기엔 조금 넓은 4 인용 식탁에서 홀로 즐기는 식빵 타임은 나에게 비밀의 시간이라도 된 것처럼 근사한 오후를 선물하곤 했다.

다음 출장지는 빵집이다. 밥 뜸드는 구수함과는 다른 빵 굽는 고소함이 가득한 곳. 쌀집에 들어설 땐 배가 꼬르륵거렸다면 빵집에 들어오니 침이 꼴깍 넘어간다. 매일 먹는 밥은 위가 먼저, 가끔 즐기는 빵은 입이 먼저 반응하는 느낌이랄까. 밥은 배가 불러야 하고, 빵은 입이 즐거워야 해서 그럴 수도 있겠다.

도쿄에서 빵 맛으로 유명한 이곳 '센트레 더 베이커리'는 영업 시간 전부터 줄을 서서 빵을 사갈 정도로 인기가 많다. 식빵은 세 가지 종류가 있는데 특이하게도 재료가 아닌 국가별로 구분하고 있었다. 일본 스타일(JP), 북미 스타일(NA), 영국 스타일(EB) 세 종류의 식빵은 저마다 맛과 식감이 다르다고 한다. 물론 단순히 식빵을 먹기 위해 이곳을 출장지로 정한 것은 아니다.

'아코메야'에 오늘의 쌀을 맛볼 수 있는 밥집이 있는 것처럼 이곳에도 빵을 더 근사하게 먹을 수 있는 레스토랑이 있다. 여기서는 식빵을 최상급 잼과 버터와 함께 먹을 수 있을 뿐 아니라 토스터에 직접 구워 먹을 수도 있다고 한다. 또 세계 각국에서 제조한 20여 개의 토스터도 직접 고를 수 있는데 토스터마다 특색이 달라 구워지는 식빵 맛도 달라진다고 한다. 레스토랑에서 먹는 식빵이라니 조금은 생소한 콘셉트다.

책에서 본 것처럼 버터와 잼이 함께 포함된 토스트 세트를 주문했다. 세 종류 식빵을 모두 먹고 싶었지만, 배가 많이 고프진 않아서 두 가지 스타일만 주문했다. 식빵을 주문한 뒤 토스터를 고르기 위해 진열대 앞으로 갔다. 토스터는 크기와 색깔이 다양했는데 이왕이면 크고 비싸보이는 녀석으로 골랐다. 자리에 돌아오자 그 사이 직원이 다녀갔는지 테이블 위에 6종류의 잼이 담긴 통과 물한잔 그리고 식빵 설명서가 가지런히 놓였다. 나는 가지고 온 토스터를 올려둔 뒤 설명서를 찬찬히 읽었다. 일본 스타일 식빵은 그대로 먹는 것을, 영국 스타일 식빵은 토스터로 구워 먹는 것을 추천했다.

드디어 두 종류의 식빵과 3종류의 버터가 나왔다. 두 식빵은 손가락 한 마디 정도로 두께는 거의 비슷했지만 모양은 크게 달랐다. 일본 스타일 식빵이 정사각형에 가까운 모양이라면, 영국 스타일 식빵은 마치 영국 신사의 높은 모자처럼 윗부분이 봉긋한 산 모양이었다. 먼저 영국 스타일 빵을 토스터에 넣은 뒤 불을 올렸다. 식빵이 구워지는 동안 일본 스타일 식빵을 먹어볼 참이다.

나이프를 사용할 필요 없이 손으로 식빵을 반으로 찢어 입에 넣었다. 우유를 머금은 듯 부드러운 식감, 손가락으로 조몰락거리면 동그랗게 뭉쳐질 정도로 쫄깃한 감촉이었다. '음~' 나도 모르게 맛있는 감탄사를 내다 버터와 잼을 바를 겨를도 없이 일본 식빵을 모두 먹어버렸다. 역시 식빵은 있는 그대로 먹어야 맛있는 걸까. 최고급 버터와 핸드메이드 잼이 초라해지는 순간이다. '잼이나 버터를 발라야 했는데' 라고 후회를 할 찰나 '탕' 하고 영국

식빵이 위풍당당하게 튀어올랐다.

　'영국 식빵에 버터와 잼을 모두 발라 먹으면 되니까.'
김이 나는 것 같은 따끈한 식빵을 토스터에서 조심스레
꺼내 그릇에 담았다. 갈색빛으로 잘 구워진 식빵은 겉이
바삭하고 단단한 느낌이었다. 구운 식빵에 버터를 한 겹
바르니 스르륵 하고 빵 사이로 모두 스며들었다. 빵의 겉
면은 버터로 곧 촉촉해졌고, 나는 반짝이는 버터가 사라
질까봐 얼른 입을 갖다 댔다.

　'이건 그냥 먹는 일본 식빵보다 더 맛있는데!' 영국
식빵도 일본 식빵처럼 한꺼번에 다 먹어버릴 것 같아 얼
른 나이프로 잘게 조각을 냈다. 버터와 잼을 골고루 발라
가며 먹기 시작했는데 나중엔 잼을 더 바르지 않고 버터
만 아주 얇게 발라 먹는 것이 가장 좋았다. 사실 잼은 맛
과 향이 강해 식빵 본연의 담백한 맛을 해치는 느낌이 들
었다. 접시에는 결국 제 가치를 뽐내지 못한 버터와 잼만
이 덩그러니 남았다.

　계산을 하려고 일어서니 어느새 오후 끝자락이다. 문
득 우유 식빵을 만들어 먹었던 그날의 낭만적인 오후가
떠오른다. 초등학생의 눈에도 그 시간은 아주 낭만적이
었나보다. 빵과 우유 향이 감돌던 나만의 식빵 타임. 그날

의 오후도 그랬듯이 식빵 한 조각이 주는 행복은 소소하지만 꽤나 풍요롭다. 배를 완전히 부르게 하지는 않아도 기분은 충분히 행복하게 해주지 않는가. 흡족한 식빵 타임을 즐기고 만족스럽게 밖으로 나왔다.

센트레 더 베이커리[セントル ザ ベーカリー]
운영 시간 10:00 - 19:00
주소 ☎104-0061 東京都中央區銀座 1 丁目 2 - 1 東京高速道路紺屋ビル
전화 번호 +81 3-3562-1016

홀로서기를 위한 여행

마지막 출장지는 '마루노우치 리딩 스타일' 이라는 편집숍이다. "어른들의 지적 호기심과 장난기를 자극한다." 라는 콘셉트가 인상적인 이곳은 다른 편집숍과는 다르게 책을 읽는 '스타일' 에 특별하게 접근했다. 한 예로 생일 문고라는 뜻의 '버스데이 분코' 라는 기획 도서가 있다.

이 코너에는 책 제목 없이 표지에 날짜만 적힌 책들이 1월 1일부터 12월 31일까지 순서대로 꽂혀 있다. 각 책에는 해당 날에 태어난 작가들의 작품이 실려 있는데, 예를 들어 9월 13일 생일 문고를 꺼내보면 1916년 9월 13일생 작가의 글을 볼 수 있다. 생일을 공통분모로 저자와 독자를 자연스레 연결하는 것이다. 독자는 자기와 생일이 같은 저자의 작품이 궁금해서 혹은 식상하지 않은 생일 선물용으로 책을 고를 수 있다.

잡화는 책과 따로 있는 것이 아닌 책장 사이사이에 숨겨져 있다. 예를 들어 와인과 관련된 책 근처에는 샹그리아를 직접 만들 수 있는 제품이, 요리책 근처에는 간단히 만들어 먹을 수 있는 간장과 소스들이, 피부 미용과 관련된 책 근처에는 귀여운 세면 도구들이 진열되어 있다. 버스데이 분코가 생일과 책을 매개로 저자와 독자를 연결한다면, 잡화점은 책과 물건을 연결하여 어른들의 현실적인 호기심을 자극한다. 책에서 얻을 수 있는 '지적 호기심'과 물건을 통해 직접 느낄 수 있는 '재미'를 함께 담으려는 이곳만의 큐레이션이다.

책에서는 샹그리아를 소개했지만, 내가 갔을 때는 직접 만들어 먹을 수 있는 '뱅쇼'도 함께 있었다. 뱅쇼(Vin chaud)는 겨울철 유럽 사람들이 즐겨 마시는 따뜻한 와인인데, 와인에 시나몬, 과일 등을 넣어 따뜻하게 끓여 마시는 음료다. 우리가 감기에 걸렸거나 몸이 으슬으슬할 때 쌍화차를 찾는 것처럼 그들도 뱅쇼를 건강차나 감기약처럼 마시는 것 같다. 와인을 끓이는 동안 알코올은 대부분 증발하기 때문에 뱅쇼는 술보다 차(茶)에 가깝다. 하지만 뱅쇼를 마시면 마치 술을 마신 듯 살짝 나른해지곤 하는데, 나는 이 느낌이 좋아 겨울이면 꼭 뱅쇼를 찾는다. 이 기분이 감기 기운도 물리치는 것 같다.

편집숍에서 판매하는 뱅쇼 팩에는 설탕, 시나몬 등 향신료가 와인 한 병 분량에 맞도록 들어 있어 누구나 쉽게 자기만의 뱅쇼를 끓일 수 있다. 사실 뱅쇼를 만드는 방법은 무척 간단하다. 하지만 방법을 안다고 하여 집에서 직접 뱅쇼를 끓이는 사람은 많지 않다. 재료를 준비하는 과정이 의외로 성가시기 때문이다. 뱅쇼 팩은 이 귀찮은 작업을 줄여 즐거운 마음으로 와인을 준비하도록 유도한

다. 나는 여기서 뱅쇼 팩을 여러 개 샀다. 하나는 뱅쇼로 사업을 준비하는 지인에게 제안할 비즈니스 아이디어였고, 나머지는 평소 뱅쇼를 좋아하는 친구들에게 제안할 라이프 스타일이었다. 작은 뱅쇼 팩이지만 어떤 이에게는 사업에 필요한 적지 않은 정보가, 어떤 이에게는 자기만의 뱅쇼를 만들어보는 큰 경험이 될 수도 있을 것이다. 그들에게 전해질 재미난 제안을 가방에 담고 공항으로 돌아갈 열차에 올랐다.

당일치기 출장을 떠나기 전에는 사실 외부에서 얻을 인사이트를 기대했었다. 그러나 결과적으로는 내면을 돌아보는 시간이 되었다. 초콜릿 카페에서 취향을 찾고, 쌀집에서 일상을 돌아보며, 빵집에서 소소했던 기억을 꺼내고, 편집숍에서 새로운 제안을 고민하게 되었다. 퇴사준비생이라는 새로운 관점은 내가 그동안 당일 여행에서 얻은 것과 앞으로 얻고자 하는 것들을 다시 한 번 생각하게 했다.

나는 당일 여행을 통해 일상을 조금씩 비틀었다. 타이틀 없는 이방인의 시선은 내 일상과 내 주변을 다른 시각으로 마주하게 했다. 이는 정해진 길에서 매몰되는 것이 아닌 새로운 길을 찾을 용기가 되었고, 다른 사람들 속에서 침전하는 내가 아니라 스스로 부상하는 나를 발견하게 해주었다.

어쩌면 이번 당일 여행을 통해 나는 홀로서기를 준비한 것은 아니었을까. 당일 여행이 아니었다면 내가 어떤 사람이고, 무엇을 좋아하고, 어떤 취향을 만들어가고 싶은지 깊이 생각하기 어려웠을 것이다. 국내 여행이나 긴 여행에서는 느껴보지 못한 고립감과 그 고립을 통한 몰입의 시간이었다. 하루 동안 나를 객관적으로 그리고 주관적으로도 바라볼 수 있었고 그 속에서 진짜 나를 마주할 수 있었다. 당일 여행은 가벼운 일탈로 시작하지만 매번 묵직한 통찰을 주었고, 일상에서 도망치기 위해 떠났으나 결국 일상을 사랑하도록 도와주었다. 단 하루의 변화가 더 많은 날들을 행복하게 만들 수 있다는 것도 알았다.

마루노우치 리딩 스타일[マルノウチ リーディング スタイル]
운영 시간 11:00 - 21:00
전화 번호 +81 3-6256-0830
주소 ⓣ100-0004 東京都千代田區の内 2 丁目 7 - 2 KITTE 4F
웹사이트 readingstyle.co.jp

한눈에 보는 당일치기 도쿄

▲항공권 : 진에어 항공
인천 → 도쿄 07:35-10:00
도쿄 → 인천 19:00-22:00

▲동선 및 일정
나리타공항(10:18) → [나리타익스프레스 56분] → 도쿄역
(11:14) → [도보] → 100% 초콜릿 카페(11:30) → [도보] → 아코
메야(13:00) → [도보] → 이토야(14:30) → 센트레 더 베이커리
(15:00) → [도보] → 마루노이치 리딩 스타일(16:20) → [도보] →
도쿄역(17:03) → [나리타익스프레스 50분] → 나리타공항
(17:53)

▲예산
항공권 : 18만 원 정도 / 저가항공(인천 ⇔ 도쿄 왕복)
교통비 : ￥4,000
　　　　　나리타공항 ⇔ 도쿄역 / 스카이라이너 왕복(￥4,000)
식비 : ￥5,000
　　　점심 : 아코메야(정식 ￥2,500)

카페 : 100%초콜릿카페(초콜릿 샘플러 ￥500)
카페 : 센트레 더 베이커리(식빵 잼 · 버터 세트 ￥1,500)
기타 : 생수 등 간식 ￥500
TOTAL : 27만 원 정도

07 당일치기 가고시마

{아무 날도 아닌 날의 여행}

새로운 당일 여행을 가고 싶어

매번 다른 이유와 계기로 당일 여행길에 오르지만, 목적은 크게 두 가지였다. 비우기 위해 떠나는 여행과 채우기 위해 떠나는 여행. 전자는 일상에서 벗어나고 싶거나 일상의 걱정이나 답답함을 떨치기 위한 여행이었고, 후자는 일상에서 얻지 못하는 아이디어나 새로움을 찾기 위한 여행이었다.

어떤 이유에서든 일상을 치유해야 할 때가 되면 '여행'으로 치료를 시작한다. 당일 여행은 일상의 무거운 짐을 버리도록 돕고, 새로운 영감을 얻도록 생각의 지평을 넓혀주었다. 비우러 떠났지만 새로운 생각이 차오르고, 채우러 떠났지만 오히려 생각이 정리될 때가 많았다. 비워야 채울 수 있고, 채워야 비울 수 있기 때문에 이 둘은 결국 같은 맥락에서 설명될 수 있다.

하지만 이번 여행은 두 가지 범주에 속하지 않았다. 일상의 불만으로 시작된 여행이 아니었기 때문이다. 습관적으로 항공권 검색 앱(스카이스캐너)을 확인한 것이 여행의 시작이었다. 우리나라는 항공 운항 일정을 1년에 2차례(동·하계)조정한다. 11월부터 동계 시즌이 시작되었다고 하여 새롭게 바뀐 일정을 살펴보다 뜻밖의 이름을 발견한 것이다.

'가고시마? 가고시마도 당일 여행이 가능하다고?'

규슈 최남단에 위치한 가고시마현은 예전부터 눈여겨봤던 곳이다. 바로 사쿠라지마라는 화산섬 때문인데 우리나라에는 없는 활화산이라 꼭 한 번 가보고 싶었다. 당일 여행이 아닌 여행을 계획할 때도 이곳은 자주 후보지로 올랐다. 하지만 당시엔 국적기만 취항하여 항공권이 비쌌고, 운항 일정도 효율적이지 못해 매번 탈락했다. 예전부터 가고 싶었던 곳이 당일 여행으로 가능해지니

'나만 아는 보물 지도'를 발견한 것처럼 기뻤다. 스케줄이 바뀐 지 얼마 되지 않았으니 가고시마 당일 여행도 내가 처음일 것 같았다.

들뜬 마음에 바로 다음 주 일정을 확인했다. 이번 여행을 기쁜 마음으로 준비한 건 새로운 여행지를 발견한 이유도 있지만, 앞으로 당일 여행지가 늘어날 가능성을 본 것이 더 컸다. 사실 당일치기 일본 여행은 LCC(저비용 항공사)의 성장 덕분에 가능해졌다. 항공권 가격이 낮아지고 운항 스케줄도 다양해졌기 때문이다. 또한 여행 수요 증가에 따라 국제선 운항 노선과 운항 횟수(주간/왕복 기준)는 10년 전보다 약 두 배 정도 증가했고, 특히 일본 노선은 운항 횟수가 443회에서 1,240회로 약 세 배 가까이 늘어났다.전체 운항노선/운항횟수 : 274개/2,360회(2008년 동계) 360개/4,854회(2018년 동계) 새로운 취항 노선이 생기고 운항 편수가 늘어날수록 당일 여행 시장도 훨씬 다채로워질 것이다. 지금과 같은 성장 추세라면 일본뿐 아니라 중국과 대만, 러시아(블라디보스토크)도 당일 여행이 가능하리라 본다.

당일 여행을 주변에 알리기 시작한 건 많은 사람들이 더욱 쉽게 해외여행을 떠나길 바라는 마음에서였다. 적은 노력과 비용으로도 쉽게 스트레스를 풀거나 영감을 얻고, 마음을 정리할 수 있는 새로운 방법을 알리고 싶었다. 여행을 통해 행동 반경을 조금씩 넓히면서 사고의 반경도 넓히고, 도망가거나 숨을 수 있는, 혹은 자신에게 집중할 수 있는 자신만의 공간을 만들기를 바랐다. 그렇게 당일 여행을 꾸준히 전파하다보니 나도 모르게 사명감이 생긴 것 같다. 이번 여행은 스스로 당일 여행 선구자라는 타이틀을 준 듯 기분 좋은 부담감을 느낀다. 누구나 쉽게 언제든지 떠날 수 있는 당일 여행이 일본뿐 아니라 더 많은 나라에서 가능해진다면 이는 나에게도 새로운 도전이 될 것 같다. 그래서 이번 여행은 새로운 당일 여행지를 개척하는 선구자의 마음으로 떠나볼까 한다.

평일 여행자의 아침

여행을 떠날 때는 새벽 5시에 눈이 번쩍 떠진다. 출근길 아침은 몸이 천근만근이지만, 여행길 아침은 깃털처럼 몸이 가볍다. 시작부터 다른 아침이다. 가끔 경험하는 아침의 생경함은 당일 여행의 또 다른 매력이다. 일상과 일상 사이에 끼인 여행이다 보니 그 차이가 확연히 느껴진다. 물론 이것은 여행의 힘이기도 하다.

오늘 출국 시간은 그간 당일 여행 중 가장 이른 새벽 6시 50분. 항공편이 많은 공항은 시간대가 다양하지만, 가고시마는 한 항공사뿐이라 어쩔 수 없다. 그 때문에 처음으로 4시 50분 공항 리무진 첫차를 탔다. 많은 사람들은 공항에 무조건 일찍 가야 한다고 생각한다. 보통 출국 한 시간 전에 체크인이 끝나니 수화물이 있으면 시간이 촉박할 수 있고, 출국장이 혼잡하거나 탑승 게이트까지 거리가 멀 수도 있기 때문이다. 하지만 당일 여행에선 부칠 짐이 없으니 굳이 몇 시간 전까지 갈 필요가 없다. 미리 웹 체크인을 하거나 셀프 체크인 기계를 이용하면 공항

에서 보내는 시간을 단축할 수 있다. 또 새벽에는 차가 막히지 않아 평소보다 더 일찍 공항에 도착한다. 이번에도 출국 게이트에 도착하니 겨우 6시였다. 덕분에 커피 한 잔을 사 들고 여유롭게 출국을 기다렸다.

6시 50분에 출발한 비행기는 8시 35분에 가고시마공항에 도착할 예정이다. 이륙과 함께 몸이 자연스레 뒤로 젖혀지면서 이코노미였던 내 자리는 아주 잠깐 비즈니스석이 된다. 딱 5분 간의 비즈니스석. 나는 이 찰나의 호사스러운 순간이 좋다. 뒷사람에게 방해가 되지 않으면서도 편한 자세를 온전히 누릴 수 있어서다. 그래서 웬만하면 비즈니스석이 되자마자 바로 잠을 청한다. 편안한 상태에서 잠이 들어야 깰 때도 개운하기 때문이다. 타이밍을 놓치면 금세 이코노미석으로 돌아오는데 이때부터는 숙면이 쉽지 않다. 이번에도 이륙과 동시에 비즈니스 좌석에서 잠이 들었고 꽤 만족스러운 비행을 시작했다.

착륙을 알리는 방송에 "뭐야 벌써?"라는 잠꼬대를 하며 유난스레 잠을 깼다. 아직 시간이 많이 남았다며 몸이 먼저 반응한 것 같다. 실제로 시계를 보니 도착 시각 25분 전이었다. 대도시 공항들은 워낙 항공 스케줄이 조밀하게 붙어 있어 연착되는 경우가 많은데 소도시 공항들은 하루 운항편이 1~2편 정도라 이륙만 제때 한다면 착륙은 평소보다 더 빨라지는 경우가 많다. 공항이 작고 항공편도 적으니 출입국 심사도 빠르고 공항도 굉장히 한산하다. 조용한 공항의 매력에 한 번 빠지면 대도시 공항은 웬만해서는 찾지 않게 된다.

평일 여행은 주말 여행과는 비교가 되지 않을 정도로 여유롭다. 예정 시간보다 일찍 가고시마 땅을 밟은 뒤 입국 심사를 1등으로 받고, 수화물이 없으니 짐 검사도 1등으로 받은 뒤 입국장에 1등으로 나왔다. 자동문이 열리자 가고시마에 온 것을 환영한다는 표지판이 나를 반겼다. 이렇게 조용하고 빠른 입국이라니. 고요한 공항을 홀로 유유히 빠져나오며 문득 그 동안의 해외여행의 복잡하고 시끄러웠던 입국이 생각나 나도 모르게 고개를 흔들었다.

8시 35분. 원래대로라면 비행기가 도착할 시간이지만 나는 이미 공항 버스에 올라 출발을 기다리고 있다. 버스는 공항을 출발해 가고시마 시내를 들른 뒤 종점인 고속선 터미널에 도착할 예정이다. 한 시간쯤 흘렀을까. 버스는 복잡한 건물 사이를 벗어나 한산한 부둣가를 향해 달리고 있다. 바깥의 한산한 풍경만큼 버스 안도 고요했다.

주변을 돌아보니 45인승 버스엔 나와 운전기사 아저씨 둘뿐이다. 공항에서 함께 탔던 사람들은 가고시마 시내에서 이미 모두 내렸다.

보통 관광객들은 짐 때문이라도 여행을 하기 전 숙소를 먼저 들른다. 짐 많은 그들과 달리 당일 여행자는 짐도 가볍지만, 여행의 시작은 더 가볍다. 이는 숙소가 없는 당일 여행자의 특권이다. 공항에 도착하자마자 바로 여행을 시작할 수 있다. 지금같이 아무도 없는 공항 버스에 있을 때면 당일 여행의 매력이 더 크게 다가온다.

종점인 고속선 터미널은 가고시마 주변 섬으로 가는 고속선을 탈 수 있는 곳이다. 오늘 여행을 시작할 사쿠라지마로 가는 페리도 이 근처에서 탈 수 있다. 버스에서 내리자 평일 아침에만 느낄 수 있는 조용하고 깨끗한 거리가 펼쳐졌다. 출근 시간의 번잡함이 사라지고 가게들은 아직 장사를 시작하기 전 평일 아침의 고요하고 평화로운 풍경이다. 출근 시간과 점심시간 사이의 고요함은 일상에서는 느끼기 어렵다. 그 풍경은 공간과 시간을 살짝 비틀 때 찾을 수 있다. 어쩌면 일상이 아닌 평일 아침을 보고 싶어 매번 당일 여행을 떠나는지도 모르겠다. 타국의 생경한 아침 공기를 마시고 싶어서, 타국의 고요한 아

침 거리를 걷고 싶어서, 나만의 평일 아침 여행을 시작하
는지도 모르겠다.

가고시마 페리 선착장
주소 〒892-0814 鹿兒島縣鹿兒島市本港新町 4 -1
웹사이트 city.kagoshima.lg.jp(페리 운항정보 확인)
전화번호 +81 99-223-7271
운임 ¥160(편도)

노곤노곤 온천 여행

부둣가를 따라 10분 정도 걸으니 페리 터미널이 나왔
다. 터미널에서도 사쿠라지마 화산섬이 꽤 가깝게 보였
다. 페리로 15분만 가면 도착한다고 하니 화산섬과 가고
시마 시내는 정말 가까운 셈이다. 화산섬 바로 앞에 인구
60만 명의 도시가 펼쳐져 있고, 심지어 사쿠라지마에도
4,000명이 넘는 사람이 살고 있다고 하니 그야말로 이 동
네는 활화산과 도시가 공생하는 곳이다.

가까운 거리라 그리 크지 않은 배가 다닐 것 같았는데
페리는 생각보다 웅장했다. 1층과 2층은 차량 칸이고, 3
층과 4층이 선실이다. 4층은 사방이 뚫려 바닷바람을 맞

으며 사쿠라지마를 감상할 수 있다. 3층에는 매점과 우동 가게가 있었는데 마침 배가 고파 이곳에서 아침을 해결하기로 했다. 이미 한 번 끓여둔 면에 뜨거운 국물을 부으니 1분 만에 우동 한 그릇이 뚝딱 만들어졌다. 하긴 페리를 15분밖에 타지 않으니 빠르게 먹을 수 있는 음식이 필요할 듯도 하다. 우동을 받아 들고 사쿠라지마가 잘 보이는 방향으로 자리를 잡았다. 음식은 조촐했지만 근사한 뷰 덕분에 아주 잠깐 크루즈 여행을 하는 듯했다.

오늘 일정은 일본 최대 길이를 자랑하는 족욕탕을 방문한 뒤, 아일랜드 뷰 버스를 이용해 사쿠라지마 주요 전망대를 돌아보는 것이다. 페리에서 내려 10분 정도 걸으니 용암해안공원 족욕탕이 나왔다. 탕 길이만 100미터라

고 하는데 실제로 보니 정말 100미터 달리기를 해도 될 것 같았다. 족욕탕은 직선이 아닌 뱀이 지나간 것처럼 구불구불 이어져 있었다. 일본 온천 마을엔 주민들을 위한 족욕탕이 곳곳에 있는데 대부분 대여섯 명 정도만 앉을 수 있는 규모가 보통이다. 한꺼번에 100명 이상의 사람들이 들어갈 수 있는 탕은 이곳이 유일할 듯했다. 단체 관광객이 와서 이곳에 너도나도 발을 담근다고 생각하니 살짝 아찔하기도 하다.

평일 아침의 족욕탕은 조용했다. 긴 탕을 따라 한 바퀴 걸어본 뒤 사쿠라지마가 가장 잘 보이는 곳에 자리를 잡았다. 오른쪽에는 사쿠라지마, 왼쪽에는 가고시마 시내, 앞쪽으로는 그 사이를 다니는 페리를 구경할 수 있는 최고의 명당이었다. 신발과 양말을 벗고 바지를 걷어 올린 뒤 조심스레 발을 담갔다. 따뜻하고 찌릿한 온기가 발가락에 스며들었다. 기분 좋은 열기는 발바닥과 발목을 거쳐 종아리를 감쌌다. '하아' 몸의 긴장이 스르르 풀리면서 나도 모르게 깊은 숨이 새어나왔다.

'노곤노곤.'

노곤하다는 표현이 딱 좋겠다. 어쩜 이렇게 예쁘게도 졸리는 느낌의 단어가 있을까. 발가락을 꼼지락거리며 온천욕을 하고 있자니 점점 노곤해진다. 자연스레 눈이 감기고 몸은 점점 물속으로 꺼지는 듯했다. 발바닥으로 들어온 열기는 어느새 머리까지 차올라 이마의 땀으로 영글었다. 한국은 초겨울이지만 제주도보다 위도가 훨씬 낮은 이곳은 이제 막 초가을로 접어든 날씨였다. 새벽에 껴입었던 코트와 니트는 이미 벗어버린 지 오래다. 따뜻한 남쪽 나라에서는 얇은 티셔츠 한 장이면 충분했다. 100미터나 되는 족욕탕을 전세낸 듯 누리고 있자니 문득 이 순간이 황홀하게 다가왔다. 고급 호텔이나 풀 빌라가 부럽지 않은 호사스러운 순간이랄까. 멀리 여행 온 것도 아니고, 휴양지에 온 것도 아니지만 평일 하루 짬으로도 이런 순간을 만들 수 있다는 것 자체로 감사하다.

용암해변공원 족욕탕[櫻島溶岩なぎさ公園&足湯]
운영 시간 09:00-일몰
전화 번호 +81 99-216-1327
주소 〒891-1419 鹿兒島縣鹿兒島市櫻島橫山町１７２２ - ３溶岩なぎさ公園
웹사이트 http://www.sakurajima.gr.jp/

해롱해롱 버스 투어

이제 사쿠라지마를 본격적으로 둘러볼 시간이다. 아일랜드 뷰 버스는 한 시간 동안 총 여덟 군데의 정류장을 거쳐 출발한 곳으로 다시 돌아오는 관광 버스다. 그중 세 곳의 주요 전망대에서 잠시 정차하기 때문에 차가 없더라도 이곳을 효율적으로 돌아볼 수 있다고 한다. 출발 정류장에 도착하니 생각보다 많은 사람이 버스를 기다리고 있었다. 사쿠라지마로 오는 페리에는 관광객이 별로 없어 버스 투어도 여유로울 것 같았는데 버스는 만석으로 출발했다.

첫 번째 정차한 곳은 가라스지마(鳥島) 전망대였다. 운전기사는 이곳에서 5분 간 정차한다고 외치고는 작은 화이트보드에 출발 시각을 적었다. '아니, 5분은 너무 짧지 않나' 하는 생각을 할 찰나 출입문이 열렸고, 버스에 있던 사람들은 너나 할 것 없이 빠르게 뛰쳐나갔다. 나도 덩달아 밀려나왔다. 1분 정도 계단을 오르니 사쿠라지마 화산섬이 보이는 전망대가 나타났다. 출발한 지 5분밖에 되지 않아 그런지 족욕탕에서 봤던 뷰와 크게 다르지 않았다. 사람들은 부랴부랴 인증샷을 찍기 바빴고, 정신없는 그들을 보고 있자니 나도 패키지 투어의 일원인 것처럼 마음이 바빴다. 셔터 소음을 피해 부랴부랴 버스에 올랐다.

'이게 아닌데.' 하고 짧은 후회를 내뱉자 버스는 '그래서 어쩔 거야?' 라는 엔진 소리를 뿜었다. 두 번째 정차한 곳은 아카미즈 전망 광장(赤水展望廣場)이다. 이곳은 8분이란다. '아니 5분이면 5분, 10분이면 10분이지 웬 8분?' 신경질적으로 화이트보드를 째려봤지만, 또다시 사람들한테 치이며 버스 밖으로 쫓겨났다.

그들은 패키지 단체 관광객들처럼 삼삼오오 움직였다. 이번엔 패키지 관광객들이 가는 방향과 반대 방향으로 가보기로 했다. 그들은 조각상 쪽으로 몰려갔지만 나는 반대쪽 정자가 있는 곳으로 향했다. 여기선 사쿠라지마와 가고시마 사이의 긴코만을 내려다볼 수 있었는데 탁 트인 풍경 덕에 5분 간 숨통이 트였다.

15분을 더 달려 마지막 정류장인 유노히라 전망대(櫻島湯之平展望所)에 도착했다. 이곳은 사쿠라지마에서 일반인이 들어갈 수 있는 가장 높은 전망대라고 한다. 이곳에선 15분이 주어졌다. 출발 시각이 적힌 화이트보드는 '이것도 인심 써서 15분이야' 라고 생색을 냈다. 나는 "아이고, 얼른 보고 오겠습니다."라고 중얼거리며 서둘러 전망대로 향했다.

　해발 373미터에 올라오니 울퉁불퉁한 화산 표면이 그대로 보였다. 사실 사쿠라지마는 두 개의 화산이 합쳐진 곳이다. 기타다케와 미나미다케라는 화산인데 기타다케는 2만 6,000년 전부터 5,000년 전까지 활동했고, 그후 화구가 옮겨가 4,500년 전부터 미나미다케의 활동이 시작되었다고 한다. 그래서 지금도 사쿠라지마 남쪽 화구에서만 연기가 솟아나는 걸 볼 수 있다. 페리를 타고 섬에 들어올 때만 해도 왜 오른쪽에만 짙은 구름이 끼어 있을까 생각했는데, 전망대에서 자세히 살펴보니 그것은 구름이 아니라 검은 연기, 분연이었다.

곧 버스로 돌아가야 할 시간이다. 아무리 생각해도 5분, 8분, 15분은 너무 짧았다. 여유롭게 전망대를 둘러보고 싶었지만, 다음 버스는 1시간 뒤에나 도착한다고 하니 망설여졌다. 더구나 사쿠라지마항까지 걸어갈 수 있는 거리도 아니다. 관광객들로 가득 찬 버스에 오르니 더욱 허탈해진다. 차라리 사쿠라지마항에서 자전거를 대여해서 조용히 해변을 돌아볼 걸 그랬나보다. 막상 전망대에 와보니 굳이 가까이에서 화산을 본다고 해서 더 잘 알게 되는 것도 아니었다.

보통 당일 여행을 할 땐 최대한 혼자 있는 환경을 많이 만든다. 그래서 자전거를 대여하여 조용한 주택가를 가거나 관광지가 아닌 곳을 찾아가고, 자전거가 없어도 최대한 사람들이 없는 곳을 찾아다닌다. 이번엔 화산섬에 대한 기대 때문에 투어 버스를 일정에 넣었지만 역시 내 여행 취향과 맞지 않았다. 본능적으로 얽매인 여행을 싫어하기도 하고, 시간에 제약이 생기니 하루 동안 누릴 수 있는 자유를 빼앗긴 느낌이었다. 결국 나의 당일 여행은 나로 시작해서 나로 끝나는 것이 제일이다. 혹시 누군가 사쿠라지마를 방문한다고 하면, 한 시간짜리 버스 투어가 아닌 1시간 동안 자전거 하이킹을 추천하고 싶다.

유노히라 전망대[湯之平展望所]
운영 시간 09:00 - 17:00
전화 번호 +81 99-298-5111
주소 〒891-1418 鹿兒島縣鹿兒島市櫻島小池町 1 0 2 5
웹사이트 http://www.sakurajima.gr.jp/tourism/000350.html

사쿠라지마 아일랜드 뷰 버스
운임 1일 승차권(￥500)
전화 번호 +81 99-257-2117
웹사이트 http://www.sakurajima.gr.jp/access/local-bus/000760.html

한눈에 보는 당일치기 가고시마

▲항공권 : 제주항공/이스타항공
인천 → 가고시마 06:50-08:35
가고시마 → 인천 17:30-19:35

▲동선 및 일정
가고시마공항(08:40) → [공항버스 55분] → 고속선터미널
(09:35) → [도보] → 가고시마항(10:00) → [페리 15분] → 사쿠라
지마항(10:15) → [도보] → 용암해안공원 족욕탕(10:30) → [도
보] → 아일랜드 뷰 버스 정류장(11:10) → [버스 5분] → 가라스
지마 전망대 → [버스 2분] → 아카지마 전망광장 → [버스 15분]
→ 유노히라 전망대 → [버스 10분] → 아일랜드 뷰 버스 정류장
(12:10)→ [도보] → 식당(12:20) → [도보] → 사쿠라지항(13:30)
→ [페리 15분] → 가고시마항/자전거 대여(14:00) → [자전거 관
광] → 덴몬칸/자전거 반납(14:30) → [도보] → 카페(14:40) → 덴

몬칸 공항버스정류장(15:15) → [공항버스 50분] → 가고시마공항(16:05)

▲예산
항공권 : 9만 원 정도 / 저가항공(인천⇔가고시마 왕복)
교통비 : ￥3,490
      가고시마공항⇔가고시마 시내(고속선터미널/덴몬칸)
      공항버스 왕복(￥2,500)
      가고시마항⇔사쿠라지마항 사쿠라지마 페리 왕복
      (￥320→￥290 /아일랜드 뷰 버스 1일권 소지 시)
      사쿠라지마 내 이동 / 아일랜드 뷰 버스 1일권(￥500)
      가고시마 내 이동 / 자전거 대여 30분(￥200)
식비 : ￥2,750
      아침 : 사쿠라지마 페리(가케우동 ￥450)
      점심 : 국민숙사 레인보우 사쿠라지마(마그마카레 정식
      ￥1300)
      카페 : 단켄 커피(오늘의 커피, 토스트 ￥500)
      기타 : 생수 등 간식 ￥500
TOTAL : 15만 원 정도

08 더 궁금한 당일치기 해외여행

{장점이 많은 여행}

해외여행이라 비쌀 것 같아요

　당일치기 해외여행의 총비용(항공권·교통비·식비 포함/쇼핑 제외)은 15~30만 원 정도다. 이 비용은 사실 당일치기 국내 여행과 비교해봐도 그리 높지 않다. 요즘 유행하는 '작은 사치'나 '소확행'이라고 생각하면 오히려 저렴하다고도 생각할 수 있다. (사실 머리 스타일 한 번 바꾸는 데도, 네일 한 번 받는 데도, 거나하게 술 한잔 하는 데도 꽤 많은 돈이 들어간다.)

　당일 여행은 부담스러울 정도의 많은 돈이 필요하진

않다. 항공권이 저렴하고, 숙박비가 들지 않기 때문이다. 여행 경비에서 가장 큰 비중을 차지하는 부분은 바로 이 두 가지 아닌가.

항공권은 평일 기준이다. 주말 항공권이 비싸다는 건 다들 아는 사실일 테니…. 평일 중에도 월요일과 금요일은 제외한다. 주말과 붙어 있어 가격이 널뛸 때가 많기 때문이다. 그럼 남은 날은 화요일, 수요일, 목요일이다. 공항별로 당일 여행이 가능한 항공권 평균 가격은 다음과 같다. 국내 여행 경비와 비교해보았다. (2019. 6. 기준/평균값)

해외여행 왕복 항공권			국내여행 왕복 교통수단		
구간	소요시간	비용	구간	소요시간	비용
서울-후쿠오카	1:25	10~15만 원	서울-강릉 KTX	1:55	55,200원
서울-가고시마	1:40	10~15만 원	서울-여수 KTX	3:00	93,400원
서울-오사카	1:50	13~18만 원	서울-부산 KTX	2:40	119,600원
서울-나고야	2:00	13~18만 원	서울-제주 항공권	1:10	6~10만 원
서울-도쿄	2:20	15~20만 원	서울-부산 항공권	0:55	10~14만 원

국내 여행 교통비와 비교해도 크게 비싸지 않다. 더 중요한 건 이 가격이 이벤트 기간에만 볼 수 있는 특가 항공권이 아니라는 거다. 평수기에 형성되는 가격대다. 주말과 달리 평일 항공권의 수요는 그리 높지 않다. 특히 오전 일찍 출발하고 저녁 늦게 돌아오는 일정은 가격 변동

폭이 작은 편이다. 사실 이 덕분에 매번 즉흥적으로 떠날 수 있었다. 나는 보통 이틀 전에 항공권을 예매한다. 회사에 갑자기 일이 생겨 휴가를 내지 못하거나, 예약한 항공권을 취소해야 하는 상황을 만들지 않기 위해서다. 그래서 떠나기 이틀 전 오전에 휴가 결재를 받고, 오후에 항공권을 결제한다.

파울로 코엘료는 "여행은 언제나 돈의 문제가 아니라 용기의 문제"라고 했다. 나도 처음부터 용기가 생긴 건 아니다. 처음 해보는 여행 스타일이라 '이게 될까?'라는 걱정이 앞섰던 게 사실이다. 하지만 걱정은 걱정일 뿐이다. 나는 이제 일상이 답답하거나, 큰 결정을 앞두고 있거나, 인간관계에 지쳤거나, 일이 뜻대로 되지 않을 때, 모든 일이 권태로울 때마다 당일 여행을 떠난다. 작은 용기만으로 일상에 작지 않은 변화가 생길 수 있다는 걸 알게 됐다. 고작 한 번의 여행이 인생을 바꿀 수는 없겠지만 사소한 하루 여행이 모이면 삶의 풍경은 전과 사뭇 달라진다. 갑자기 어떤 책 제목이 생각난다. '너도 떠나보면 나를 알게 될 거야.' 떠나보면 정말 알게 된다. 스스로 만드는 작지만 확실한 도망의 가치를 말이다.

당일치기는 힘들 것 같아요

사전을 찾아보면 여행이란 "일이나 유람을 목적으로 다른 고장이나 외국에 가는 일"이라고 되어 있다. 그렇다면 여행을 하려면 어쨌든 목적지까지 가야 한다. 이 과정에서 일단 체력이 소모된다. 휴양을 위해 떠난 여행이라도 그 여정은 피곤할 수밖에 없다. 걸어서 가든 차나 비행기 같은 다른 이동 수단을 이용하든 평소보다 훨씬 힘든 일정이 기다린다. '집 떠나면 고생'이라는 말이 괜히 나온 건 아닐 것이다. 여행을 뜻하는 영어 'Travel'의 어원도 사실 '고생, 노고'를 뜻하는 라틴어 Travail에서 왔다고 한다. 교통수단이 발달하지 않았을 때는 여행이 고난의 행군이었을 것이다. 갑자기 여행이 고생이라는 이야기를 꺼내는 것은 당일 여행이라고 특별히 덜 힘든 건 아니라는 걸 말하고 싶어서다. 여행은 고생 속에서 즐기는 자유가 아닐까.

물론 하루에 비행기를 두 번 타야 하고, 버스나 기차 같은 다른 교통수단까지 이용해야 하니 쉽게 엄두가 나지 않는 건 사실이다. 하지만 당일 여행을 자주 하다 보니 요령이 좀 생겼다. 다음날 출근을 해야 하는 여행이다 보니 저절로 터득하게 된 것 같다.

첫째로 일정에 욕심을 부리면 안 된다. 다음날 정말 녹초가 될 수 있다. 여기도 가고 저기도 가고 계속 걷다 보면 당연히 금방 지치게 마련이다. 평소에 운동도 잘 하지 않는 사람이 갑자기 고생하면 남은 한 주간에 영향을 미친다. 일단 일정을 짤 때 동선을 잘 생각한다. 이동 반경을 무작정 넓히기보다 한 지역이라도 꼼꼼히 본다고 생각하는 것이 좋다.

나는 도보 여행만 할 경우엔 평균 5km 정도로 동선을 잡는다. 물론 그렇다고 5km만 걷는 건 아니다. 집에서 공항에 갈 때도, 공항에서 이동할 때도, 최종 목적지를 갈 때도, 계획하지 않은 곳을 가기도 하니 예상보다 두 배 가까이 더 걷는다고 생각하면 예상하기 쉽다. 나는 걸음 수를 기준으로 1만 5000보(10km)까진 다음날에 큰 무리가 없었다. 사람마다 체력이 다르므로 처음부터 무리하지 말고, 점차 이동 반경을 늘리는 것을 추천한다.

둘째로 (전동) 자전거를 활용한다. 일본에는 각 시마다 자체적으로 제공하는 공용 자전거가 많다. (서울의 따릉이처럼) 보통 하루에 200엔에서 500엔 정도로 꽤 저렴하다. 대여 자전거는 보통 전동 자전거일 경우가 많다. 처음에만 살짝 바퀴를 굴리면 전기의 힘으로 일반 자전거

보다 훨씬 쉽게 다닐 수 있다. 오르막도 쉽게 오르고 훨씬 멀리 갈 수도 있다. 걷는 것보다 여행 반경도 저절로 넓어 지고 볼 수 있는 것도 많아진다. 역시 도보 여행만 할 때 보다 힘이 덜 든다.

처음 전동 자전거를 접했을 땐 정말 말 그대로 '신세 계'였다. 전동 자전거는 일반 자전거에 비하면 오토바이 에 가깝다. 한 바퀴만 굴렸는데도 자전거는 저절로 열 바 퀴나 더 굴러간다. 특히 오르막을 오를 때가 가장 좋다. 일반 자전거로 평지를 달리는 정도의 힘만 내면 오르막 인 줄도 모르게 가볍게 오른다. 전동 자전거에 한 번 맛들 인 후에는 매번 자전거를 대여한다. 걸어선 겨우 5㎞만 돌아볼 수 있었다면, 자전거를 타면 20㎞ 넘게도 여행할 수 있다. 당일 여행에서 자전거는 사랑이다.

셋째로 이동할 때마다 잠 보충을 한다. 잠깐씩 눈을 붙이면 체력 회복에 꽤 도움이 된다. 그래서인지 이동하 는 버스나 비행기 안에서 일부러 눈을 감고 있을 때가 많 다. 특히 아침 일찍 시작하는 일정이기 때문에 공항으로 가는 버스 안이나 일본으로 가는 비행기 안에서는 꼭 한 숨 자려 한다. 개운하게 여행을 시작하기 위해서다. 의식 적으로 체력을 비축하면 여행이 한결 편해진다.

당일 여행은 '화·수·목 여행'이다. 주말은 한 주의 피로를 풀어야 하고 재충전이 필요한 시간이기 때문에 제외한다. 주말엔 가족이나 주변 사람들에게 충실해야 하는 상황이 자주 생기기도 한다. 하지만 화, 수, 목에 떠나는 이유는 따로 있다. 휴가를 낼 때 많은 직장인은 주말이 붙어 있는 '월요일'과 '금요일'을 선호한다. 하루만 써도 연달아 쉴 수 있기 때문이다. 하지만 모두가 원하는 날이기 때문에 휴가 내기가 부담스러운 것도 사실이다. 회사 분위기에 따라 금요일에 휴가를 쓰면 놀기만 좋아하는 이미지가 생길까 불안할 때도 있다. 월요일엔 주간 회의나 월간 회의가 있는 경우가 많아 자리를 비우기 조심스럽다.

'화요일, 수요일, 목요일'에 휴가를 낼 때는 상대적으로 당당해진다. 다음날 다시 출근해야 하는 휴가이기 때문에 상사나 동료들은 하루짜리 휴가에 크게 관심을 보이지 않는다. 그저 중요한 일이 있겠거니 한다. 셋 중에서 고르자면 '목요일'을 추천한다. 다음날이 금요일이기 때문이다. 하루만 더 버티면 주말이 기다리고 있으니까.

1년 중 모든 화, 수, 목 항공권이 저렴한 건 아니다. 성

수기는 피해야 한다. 명절 연휴, 연말연시, 여름·겨울
방학 기간에는 당연히 비쌀 수밖에 없다. 이 시기엔 여행
을 가더라도 사람에 치일지 모른다. 내가 평일에 여행을
떠난 건 사람이 별로 없다는 것도 한몫했다. 공항으로 가
는 버스, 공항뿐 아니라 일본 현지에서도 주말보다 확실
히 사람이 적다. 일상에 지쳐 도망간 곳이 관광객으로 그
득하면 마음이 다시 번잡해질 수밖에 없다.

당일 여행만의 장점이라면

즉흥적으로 떠나는 여행

당일 여행은 항공권을 먼저 예약하고 기다리는 여행
이 아니다. 떠나고 싶을 때 혹은 떠나야 할 때 떠나는 여
행이다. 지금 이 갈증을 최대한 빨리 풀어내야 하는 여행
인 셈이다. 답답함이든 무기력이든 뭐가 됐든 분명 찾아
올 텐데 그게 언제인 줄 예측할 수는 없는 일이다.

당일 여행은 즉흥적인 여행이다. 필요한 건 하루라는
시간뿐이라 여러 면에서 부담이 적다. 긴 휴가를 내야 하
거나, 숙소를 알아보거나, 짐을 싸거나 미리 여행 준비를
할 필요가 없다.

이는 국내 여행에 국한된 이야기가 아니다. 해외여행도 당일로 떠날 수 있다. 국내 여행처럼 마음에 드는 지역을 정한 뒤, 아침 일찍 출발하고 저녁 늦게 도착하는 교통편(항공권)만 구하면 준비 끝이다. 무거운 짐 없이 몸만 훌쩍 떠날 수 있는 여행, 즉흥적으로 혹은 무계획으로 떠나는 해외여행도 가능하다. 돈이 많이 들지도, 계획이 거창하지도, 무거운 짐도 필요 없는 해외여행이라는 것이 첫 번째 장점이라고 생각한다.

누구나 할 수 있는 여행

처음엔 이 여행이 직장인에게 가장 적합하다고 생각했다. 긴 휴가를 자주 쓰지 못하는 그들에게 회사 눈치 보지 않고 몰래 다녀오는 하루짜리 여행은 최적의 대안 같았다.

하지만 놀랍게도 내 얘기를 듣고 실제 당일치기 여행을 다녀온 사람은 직장인보다 주부의 비중이 더 높았다. 직장인보다 더 '본래의 나'로 돌아가고 싶은 사람은 주부였던 것일까. 회사에는 무거운 책임을 내려놓고 싶은 직장인이 있지만, 가정에는 무거운 역할을 벗어던지고 싶은 주부들이 있었다.

그동안 가족들 눈치 보느라 여행은 생각도 못했던 주

부들도 하루 동안만은 아내로서 엄마로서의 역할을 내려놓을 수 있다. 그들에게 하루 이상의 여행은 어려울 수 있으나 가족들의 이해만 있다면 당일 여행은 도전할 만하기 때문이다. 남편이 출근하고 아이들도 등교(원)하는 아침 일찍 공항으로 출발하고, 남편이 퇴근하고 아이들 학원이 끝나는 저녁 늦게 다시 집으로 돌아오면 끝이다. 이렇게 하루만은 자신을 위해서 쓰는 날로 만들 수 있다.

대학생도 하루쯤은 착실한 일탈을 할 수 있다. 휴강이거나 다른 일정이 없는 평일 하루만 있으면 훌쩍 떠날 수 있다. 물론 방학 때가 아니라 항공권도 저렴하다. 그날 하루만큼은 부모님 잔소리 걱정을 뒤로하고 가족들 몰래 나만의 시간을 가질 수 있겠다.

오랫동안 자리를 비우기 힘든 자영업자나 휴가를 예측하기 어려운 프리랜서에게도 당일 여행은 새로운 대안이 된다. 여러 날을 쉬진 못해도 하루 정도는 용기를 낼 수 있고, 갑자기 휴일이 생겨도 큰 준비 없이 떠날 수 있다.

혼자 가는 여행이 처음인 사람들에게도 적절하다. 처음엔 1박 이상의 일정이 두려울 수 있다. 낯선 여행지의 낯선 숙소, 여행지에서 보내야 하는 쓸쓸한 밤을 생각하면 덜컥 겁도 난다. 그러나 그들에게도 당일치기 여행은 한결 쉽게 느껴진다. 해가 떠 있는 낮 시간에는 충분히 다닐 수 있을 것 같다. 게다가 혼자 긴 여행을 하는 건 심심하고 외로울 것 같지만 고작 하루 동안의 여행에서는 오히려 혼자가 더 좋을 것 같다는 생각이 들기도 한다.

당일 여행은 하루라는 시간만 낼 수 있다면 누구든 시작할 수 있다.

짐이 없는 여행

나는 어릴 때부터 짐 많은 걸 유독 싫어했다. 학창 시절 책가방부터 출근용 가방까지 무조건 가벼워야 한다. 짐 때문에 몸이 둔해지고 어깨가 무거워지는 게 싫다. 그래서 여행을 할 때도 최소한의 짐만 준비한다. 당일 여행은 짐이 없어서 좋다. 숙소가 없으니 속옷이나 세면 도구도 필요 없다. 즉흥적인 여행답게 몸만 갔다오는 여행이다.

당일 여행에서 짐이 가벼워야 하는 이유가 또 있다. 온종일 들고 다녀야 하기 때문이다. 일단 짐은 여권, 핸드폰, 지갑, 책, 위생용품 등 여행 중 반드시 사용할 것들만 챙긴다. 가볍게 다녀서 좋은 점은 마치 옆 동네 놀러간 듯 마음이 가볍다는 것이다.

당일 여행은 무엇을 많이 보아야 한다는 압박도 없다.

그저 처음 떠날 때 '왜 떠나고 싶었는지'만 생각하면 된다. 그게 도망이든 무기력이든 영감이든 인사이트든 그것만 생각한다. 그 생각 속에서 작은 해답을 찾게 되는 것도 짐 없는 여행의 장점이다.

날씨까지 고르는 여행

여행에서 날씨는 정말 중요하다. 야심차게 준비했던 여행이 날씨 때문에 엉망이 됐던 경험이 있었을 것이다. 일반적인 여행에선 날씨를 운에 맡기는 경우가 많다. 몇 주 뒤나 몇 달 뒤 날씨를 예측하기는 어려우니 말이다.

하지만 즉흥적으로 떠나는 당일 여행에선 날씨도 고를 수 있다. 나는 평균 이틀 전에 항공권을 구매하는데 급하게 결제하는 것 같지만 여기엔 또 다른 이유가 있다. 원래 가고자 했던 곳의 날씨가 좋지 않으면 다른 지역을 알아볼 수 있기 때문이다. 보통 두 군데 지역을 두고 마지막까지 저울질 한다. 혹은 원래 떠나려고 했던 날의 앞, 뒷날을 고려해 여행 날짜를 바꾸기도 한다. 막연히 날씨가 좋아지길 바라는 것보다 능동적으로 날이 좋은 날과 장소를 선택하는 편이 훨씬 합리적이라고 생각한다. 물론 결과적으로 좋은 여행이 될 확률도 높다.

목적에 따라 바뀌는 여행

당일 여행은 '힐링'이나 '일탈'에 가깝다. 하루라도 일상에서 벗어나고 낯선 곳에서 재충전을 하고 오는 여행이다. 그래서 여행 준비나 계획이 빠듯할 필요가 없다. 대략적인 루트만 생각해두면 세세한 부분은 실제 여행을 하며 유동적으로 바뀐다.

하지만 여행 목적이 '힐링'만 있는 건 아니다. 당일 여행도 쇼핑 투어, 먹방 투어, 카페 투어, 책방 투어 등 다양한 스타일이 가능하다. 실제로 쇼핑을 위해 하루짜리 항공권을 끊는 사람들도 있다. 그동안 사고 싶었던 것들로 캐리어를 한가득 채워 돌아온다. 아마 한국에서 구하기 어려운 것들과 더 저렴하게 살 수 있는 것들일 것이다. 반면 미식가나 식도락을 즐기는 사람들은 하루에도 여러 군데의 맛집을 돌아다닐 수도 있겠다. 예쁜 카페나 빈티지한 책방을 좋아하는 사람들도 자기만의 루트를 만들 수 있다. 하루뿐인 여행이라 여행 목적에 훨씬 더 집중할 수 있다. 이것도 하고 저것도 하는 여행이 아니라 딱 생각한 목적을 이루는 여행인 셈이다.

기타 유용한 정보

항공권 검색 : 스카이스캐너(www.skyscanner.co.kr)

당일 여행 항공권 검색의 최강자. 가고 싶은 날짜를 설정하고 도착지를 everywhere 또는 일본으로 검색하면 가격별, 지역별로 깔끔하게 정리된 정보를 한눈에 볼 수 있다.

※항공권 예약 TIP : 항공사 공식 홈페이지를 통해 발권하면 구매한 당일에는 취소 수수료가 없다. 오전에 항공권을 예약했다면 당일 23:59까지만 취소하면 수수료 없이 환불이 가능하다. 따라서 저렴한 항공권을 발견한 경우 일단 결제부터 한 뒤 휴가를 신청해도 늦지 않다. 혹은 오전에 항공권을 결제했는데 갑자기 여행지 날씨가 바뀐 경우에도 부담 없이 취소할 수 있다.

동선 짜기 : 구글 지도(https://www.google.com/maps)

떠나기 전에는 동선을 짜기 위해 '길 찾기 기능'을 주로 활용한다. 방문할 장소를 미리 별표 등으로 '저장'해 둔 뒤 '도보 길 찾기'로 확인해 보면 하루에 얼마나 돌아다녀야 할지 대략 알 수 있다. 실제 여행 시에서는 내비게이션 기능을 이용하거나 현재 위치를 확인하며 목적지로 쉽게 찾아갈 수 있다.

교통 정보 : 인천공항 가이드(https://www.airport.kr)

체크인 카운터 번호 및 위치, 출국장 혼잡도, 탑승구 위치, 출국 심사 후 탑승구까지 이동 시간, 출·도착 시간 등 출·입국에 필요한 모든 정보를 알 수 있다. 물론 인천공항을 오가는 공항 리무진 정보까지 찾아볼 수 있다.

날씨 정보 : 일본 기상청(www.jma.go.jp)

일본 기상협회(https://tenki.jp) Windy 앱

일본 웹사이트가 아니더라도 핸드폰의 자체 앱을 통해서도 지역별 날씨 정보를 확인할 수 있다. 날씨는 시시각각 변하기 때문에 최소 3~5일 전부터 정확해진다고 할 수 있다. Windy 앱은 시간대별로 전 세계 지역의 온도, 비, 바람, 구름, 파도 등의 변화를 시각적으로 보여준다. 도쿄 18°, 오사카 20° 처럼 단편적인 수치 정보가 아니라 일본 지도를 보며 현재 비구름이 어느 지방에 걸쳐 있고, 앞으로의 진행 방향은 어떻게 되는지 시간별로 예측할 수 있다. 또한 이 앱에는 웹캠 기능이 있어 해당 지역의 카메라로 현지 날씨 상황까지도 바로 확인할 수 있다.

데이터 로밍

데이터 로밍은 웬만하면 '하루 무제한' 으로 하는 게 좋다(부가세 포함 가격 11,000원 정도). 구글맵을 사용하면 데이터를 꽤 잡아먹는다. 낮은 속도로 이용하는 조금 저렴한 상품도 있지만, 검색용으로는 너무 느려서 불편하다.

환전 : 주거래 은행 앱토스, 위비뱅크, 쏠뱅크, 올원뱅크 등)

요즘은 앱을 통해 쉽게 환전 신청을 하고 당일 또는 다음날 수령할 수 있다. 나의 경우는 보통 출국 날 시간을 절약하기 위해 전날 근처 은행에서 받는다.(전날까진 당일 수령이 되는 곳이 많음.) 거래 은행이 아니더라도 해당 앱을 이용하면 환전 수수료를 90%까지 우대받을 수 있다.

번역 : 네이버 파파고(https://papago.naver.com)

누구나 쉽게 사용할 수 있는 번역기다. 사용법도 편리하고 번역도 꽤 매끄러운 편이라 일본에서 말문이 막힐 때 사용하기 좋다.

당일치기 여행 가능 지역 분석

※아래 여행 가능 지역은 예시일 뿐이며, 운항스케줄은 시기와 항공사에 따라 변경될 수 있음
※최소 체류(여행) 시간이 6시간 이상인 평일 저가 항공권으로 정리(2019. 6.기준)

▲인천 ⇔ 후쿠오카(매일)

인천 → 후쿠오카	후쿠오카 → 인천
07:15-08:35 (진에어)	19:15-20:35 (진에어)
08:35-09:25 (이스타젯/화,금)	20:00-21:45 (제주항공)
08:40-10:00 (이스타젯/월,수,목)	21:00-22:25 (티웨이)
09:35-10:55 (제주항공)	
10:05-11:25 (티웨이)	

※ 가능 지역 : 다자이후, 사가, 다케오 등

▲인천 ⇔ 기타큐슈(월,수,목,금)

인천 → 기타큐슈	기타큐슈 → 인천
07:10-08:35 (진에어/매일)	18:30-20:05 (진에어/월,수,목,금)

※가능 지역 : 기타큐슈(모지코), 시모노세키 등

▲인천 ⇔ 오사카(매일)

인천 → 오사카(간사이)	오사카(간사이) → 인천
07:15-09:05 (에어서울)	19:05-21:00 (진에어)
07:30-09:20 (피치항공)	20:00-21:50 (피치항공)
07:50-09:30 (진에어)	
08:00-09:40 (티웨이)	
08:20-10:00 (제주항공)	

※가능 지역 : 오사카, 교토, 고베, 나라 등

▲인천 ⇔ 도쿄(매일)

인천 → 도쿄(나리타)	도쿄(나리타) → 인천
07:00-09:50 (이스타젯/화,목)	18:30-21:15 (이스타젯)
07:05-09:50 (이스타젯/수)	19:40-22:40 (티웨이/월,수,금)
07:25-09:50 (진에어)	20:00-22:40 (티웨이/화,목)
07:45-10:15 (티웨이)	20:25-22:50 (에어서울)
08:00-10:30 (이스타젯)	
08:30-11:00 (제주항공)	

▲인천 ⇔ 가고시마(월,수,금)

인천 → 가고시마	가고시마 → 인천
07:50-09:10 (티웨이/월,수,금)	17:30-19:00 (이스타젯/월,수,금)

※가능 지역 : 가고시마, 사쿠라지마 등

▲인천 ⇔ 나고야(매일)

인천 → 나고야	나고야 → 인천
06:55-08:45 (티웨이/매일)	19:35-21:30 (티웨이/금)
	19:35-21:50 (티웨이/화,목)
	20:30-22:50 (티웨이/매일)

▲인천 ⇔ 오키나와(수)

인천 → 오키나와(나하)	오키나와(나하) → 인천
07:00-09:15 (에어서울/수)	17:20-19:35 (티웨이/매일)

▲부산 ⇔ 후쿠오카(매일)

부산 → 후쿠오카
07:15-08:05 (제주항공)
07:30-08:30 (에어부산)

후쿠오카 → 부산
19:40-20:30 (에어부산/월,화,수,금)
19:40-20:40 (에어부산/목)

▲부산 ⇔ 오사카(매일)

부산 → 오사카(간사이)
07:35-08:55 (진에어/화,수,목)
08:05-09:25 (진에어/월,금)
08:20-09:45 (제주항공/매일)
08:30-10:00 (티웨이/수)
08:30-10:05 (에어부산/수)
08:35-10:05 (에어부산/월,화,목,금)
09:00-10:25 (티웨이/월,목,금)
09:05-10:25 (티웨이/화)

오사카(간사이) → 부산
19:30-21:05 (티웨이/화,수,금)
19:30-21:35 (티웨이/월,목)
19:30-21:05 (제주항공/매일)
19:40-21:05 (진에어/월,화,수,금)
20:00-21:35 (진에어/목)

▲부산 ⇔ 사가(화,목)

부산 → 사가
08:00-09:00 (티웨이/화)
11:00-12:05 (티웨이/목)

사가 → 부산
18:35-19:30 (티웨이/화)
20:00-21:05 (티웨이/목)

▲대구 ⇔ 도쿄(매일)

대구 → 도쿄(나리타)
05:55-08:35 (제주항공/월,목,금)
06:10-08:35 (제주항공/화,수)
07:55-10:15 (티웨이/화)
09:00-11:10 (티웨이/수)
09:05-11:10 (티웨이/목)

도쿄(나리타) → 대구
20:30-23:10 (제주항공/매일)

▲대구 ⇔ 오사카(매일)

대구 → 오사카(간사이)
07:55-09:15 (티웨이/수)
08:35-09:45 (티웨이/매일)

오사카(간사이) → 대구
20:00-21:40 (티웨이/매일)

▲청주 ⇔ 오사카(매일)

청주 → 오사카(간사이)
07:00-08:40 (제주항공/매일)

오사카(간사이) → 청주
19:50-21:50 (제주항공/매일)

6월 13일 목요일 오전 10시
"답답해! 떠나야겠어!"

1. 휴가 낼 수 있는 가장 이른 날짜 정리
6월 18일(화), 19일(수), 20일(목)

2. 해당 날짜로 항공권 검색
(스카이스캐너 앱 활용, 장소 검색 : 일본)
→ 6월 19일(수)과 20일(목) 항공권 가격이 저렴함

3. 항공권 가격과 운항 일정을 고려하여 대안 정리
→ 19일(수) : 후쿠오카(13만 원), 나고야(14만 원), 오사카(15만 원), 도쿄(17만 원)
→ 20일(목) : 기타큐슈(13만 원), 후쿠오카(14만 원), 오사카(17만 원), 도쿄(18만 원)

4. 해당 지역 날씨 정보(일기 예보) 확인
→ 후쿠오카(19일 흐림, 20일 맑음), 나고야(19일 맑

음), 오사카(19일 맑음, 20일 흐림), 도쿄(19~20일 맑음),
기타큐슈(20일 흐림)

  → 날씨가 좋지 않으면 차선 지역으로 변경 또는 날짜
변경

5. 날짜, 스케줄 결정(6월 20일 후쿠오카 인-아웃)

→ 6월 18일 화요일 휴가 승인 받기(오전)

→ 6월 18일 화요일 항공권 결제하기(오후)

6. 여행 스타일 생각하기

  → 여유롭게 돌아다니는 카페 투어

7. 기본적인 동선과 세부 계획(예산 등) 세우기

  → 구글 지도 이용

오늘 하루 나 혼자 일본 여행

1판 1쇄 발행 2019년 6월 20일
1판 2쇄 발행 2019년 6월 25일

지은이 박혜진
펴낸이 김현정
펴낸곳 도서출판리수

등록 제4-389호(2000년 1월 13일)
주소 서울시 성동구 행당로 76 110호
전화 2299-3703
팩스 2282-3152
홈페이지 www.risu.co.kr
이메일 risubook@hanmail.net

ⓒ 2019, 박혜진
ISBN 979-11-86274-46-0 03810

※책값은 뒤표지에 있습니다.
※잘못 제본된 책은 바꾸어 드립니다.
※이 도서의 국립중앙도서관 출판시도서목록(CIP)은 서지정보유통지원시스템 홈페이지
(http://seoji.nl.go.kr)와 국가자료공동목록시스템(http://www.nl.go.kr/kolisnet)에서
이용하실 수 있습니다. (CIP제어번호 : CIP2019020290)